謎解き広報課
わたしだけの愛をこめて

天祢　涼

幻冬舎文庫

Contents

5 一章

61 二章

127 三章

197 四章

291 五章

300 少し長めのあとがき

広報課に関わる愉快な人々。

新藤結子《しんどうゆいこ》

高宝町役場広報課所属の新卒2年目。町の広報紙『こうほう日和』を担当。やる気ゼロでできるだけ楽をしたいのに、なぜか行く先々で事件に巻き込まれる。そのうち、心境に変化が……。

伊達輝政《だててるまさ》

結子の上司。伝説の凄腕広報マン。物腰やわらかだが相当な毒舌家。さわやかな笑顔で結子のプライドをずたずたにする。

羽田茜《はねだあかね》

結子と同い年の同僚。観光課から広報課へ異動になる。『こうほう日和』でイラストの連載を持っている。ちゃっかりした性格だが、なんだか憎めない。

片倉清矢《かたくらせいや》

日京新聞の記者。ぶっきらぼうだが、仕事に情熱を持っている。会社の理不尽な方針に反旗を翻して左遷された。結子に好意を抱いているが、気づいてもらえない。

鬼庭直人《おににわなおと》

高宝町の町長。かつては役場の広報マンで、幼なじみの伊達を一方的にライバル視している。町のことを誰よりも考えているが、誤解される言動が多い。

一章

1

携帯電話をきつく耳に押し当てても、なんの音も聞こえてこなかった。

一時間前、実家にかけたときは「ツーツー」という無機質な音が返ってきたのに……いや、二時間前だったかも？　それに電話した先は、実家ではなく友だちだったかも？　何度電話をかけようとしたかわからないので、記憶が曖昧《あいまい》になっている。

新藤結子《しんどうゆいこ》はため息を呑み込み、携帯電話を耳から離して終話ボタンを押した。室内の明かりは、受付カウンターに置かれた非常用ランプのみ。薄闇の中、左手に握った携帯電話をぼんやり見つめる。

車のシガーソケットにつなぎ、携帯電話を充電する機器は持っている。ちょうどガソリンを満タンにしたばかりだったから、当面は電池切れを気にしないで携帯電話をいじることができる。その気になれば、原稿だって書ける。

そう、書こうと思えば書けるのだ。自分の町の広報紙――『こうほう日和《びより》』の原稿を。パソコンに較べたら、はるかに効率が悪くても。

それがわかっていながら携帯電話をただ見つめていると、光が真っ直ぐ目に飛び込んできた。咄嗟《とっさ》に顔の前に右手をかざす。

「少し眠った方がいいですよ、新藤くん」

その声がしてから、伊達輝政《だててるまさ》に懐中電灯を向けられたのだとわかった。

「懐中電灯を変なことに使わないでください、伊達さん。電池がもったいないです」

「失礼。でも新藤くんが暗い顔をしているようだから、心配になったんですよ」

言葉の途中で、伊達は懐中電灯を消した。明かりが非常用ランプだけに戻り、向かいの席に座る伊達の姿が闇に混じる。それでもシルエットだけで、着膨れしていることが見て取れた。重ね着をした上にコートを羽織り、手袋を嵌めて、首にはマフラー。頭には耳まですっぽり包み込む毛糸の帽子を被っている。

部屋の中とは思えない重装備だが、結子だって同じだ。

使い捨てカイロも、電源不要で動く石油ストーブもあることはあるが、電気がいつ復旧するか目処《めど》がついていないので、どうしても寒さを我慢できなくなるまでは使わないことになっている。

「十一時をすぎたのですから、新藤くんのシフトはおしまいです。仮眠室に行ってもらって構いません」

「でも、伊達さんを一人にするわけには……代わりの人が来るまでは……」

「夜のシフトは山之内《やまのうち》さんでしたっけ」

山之内久志《ひさし》は土木整備課の課長だ。結子が「はい」と頷《うなず》くと、伊達は言った。

「もうベテランですから、疲れて起きられないのでしょう。今夜は町民が来てませんし、僕は一人で大丈夫です。なにかあったら、遠慮なく呼びますから」

「……わかりました」

迷ったが、甘えることにして席を立つ。

「おやすみなさい。また明日」

また明日。この一言を口にした瞬間、息が苦しくなった。

当たり前に迎えるはずだと思っていた「明日」を迎えられなかった人が、何人もいる――。

「はい、おやすみなさい」

伊達の声を聞きながら、懐中電灯を片手に女性用の仮眠室に向かった。足許が揺れているように感じられたが、本当に揺れているのか思い込みなのか、よくわからない。闇に沈んだ高宝町《こうほう》役場の廊下に響くのは、自分の足音のみ。その音に刺激されるように、三月十一日の記憶が蘇ってくる。

遠い昔のことのようだけれどたった二日しか経っていない、あの日の記憶が。

三月十一日午後二時四十六分。

結子は高宝町役場を出て、職員用の駐車場に向かっているところだった。『こうほう日和』の取材で、公民館に行くためである。

原稿の執筆に手間取って、出発が少し遅くなってしまった。三時からの取材に間に合うかなと思いながら腕時計に視線を落とし、時刻を確認するのとほとんど同時に、「ごーっ」としか表現しようのない音が辺りに響き渡った。これまで聞いたことがない類《たぐ》いの音だった。

なんだろうと思う間《ま》もなく、身体が揺れた。ジェットコースターに乗っているような感覚を抱いたときにはもう、地面に尻餅をついていた。そうなってから地震であることに気づいたが、結子がこれまで経験してきたどの地震と較べても、揺れが桁違いに大きかった。

しかも、収まらない。

「嘘でしょ。こんなの……収まれ、収まれ、収まれ！」

悲鳴じみた声を上げる結子の背後で、ガラスがくだける音がした。咄嗟に頭を抱えた拍子に、駐車場に停まった車が視界に飛び込んでくる。

どの車も大きく揺れ動き、車輪が浮き上がっていた。

自分でも訳のわからない叫び声を上げ、頭を抱えたまま地面に這いつくばった。地震のときは机の下に隠れると防災訓練で習ったが、周囲にそんなものはない。なにか重たいものが落ちてきたらおしまいだ。無様に悲鳴を上げながら、這いつくばることしかできなかった。

どれだけの時間、そうしていたか。

揺れが、少しずつ収まってきた——ように、思えた。こわごわ顔を上げる。駐車場の車の車輪は、もう浮いていない。

どうやら収まった。しかしおそるおそる立ち上がると、まだ地面がうねっているように感じられた。とにかく一旦戻ろうと、役場の方を振り返る。いくつかの窓が割れ、ガラスが辺りに散乱していた。さっき聞こえてきたのは、これがくだける音だったようだ。

ふらつきながら歩き、役場に入る。

状況を一言で表現すれば「大混乱」だった。

蛍光灯はすべて消え、屋内は薄暗くなっていた。花瓶や椅子は横倒しになり、用事があって来ていた町民は叫び声を上げたり、腰を抜かしたりしている。

その様を見て、取材相手を公民館に待たせていることを思い出した。電話番号は教えてもらっている。しかし携帯電話から番号を発信しても、呼び出し音すら鳴らなかった。どうしようかと思っているうちに、また地面が大きく揺れた。

——なにかとんでもないことが起こっている。この先も起こり続ける。

再び頭を抱えてうずくまりながら、結子は思った。

それからは、その予感どおりの時間が流れた。

高宝町全域が停電して、テレビがつかない。電話はつながらないし、インターネットに接続することもできない。情報の入手手段は、非常用のラジオだけ。

そのラジオからは、地震の震源は三陸沖で、マグニチュードは七・九。影響は東日本全域に及び、ここ、L県高宝町は震度六強を観測。海岸沿いの街には大津波が押し寄せ、被害は甚大。福島の原発には異常が発生——などなど、昨日まではSFの世界のできごととしか思えなかったようなニュースが、次から次に流れてくる。

二日前、三月九日の昼前にも大きな地震があった。震源は今回と同じ三陸沖で、マグニチュードは七・三。大きな地震ではあったが、それほどの被害は出なかった。

あれは、前震にすぎなかったということか。

ただの地震ではない、「震災」と呼ぶべき状況であることを思い知らされた。

鬼庭直人《おにになおと》町長は、自身を本部長とする災害対策本部を設置。怪我をしておらず、自宅や家族に被害も出ていない職員は、所属する課に関係なく役場のロビーに来るよう指示を出した。しかし余震が続いている上に、電話もメールも使えないこともあって、全職員に指示が行き渡るまで二時間近くかかった。

その間に鬼庭は、町内の小中学校の体育館を開放して避難所とすることを決定。ロビーに来た職員には、避難所開設の準備や、食料や水の確保、怪我人の病院への搬送など、町民の安全確保に動くよう矢継ぎ早に指示を下した。また、役場の一階にある年金保険課を二十四時間体制で誰かが待機する臨時相談窓口とした。

結子と伊達は、町民の安全確保のほか、この仕事も仰せつかった。

町内の被害がどれほどか、まだ全然把握できていない。しかし、かなりの惨状になっていることは間違いない。当初、七・九とされたマグニチュードは八・八に訂正された後、今日になって九・〇とされた。一・一しか変わらないが、マグニチュードというのは〇・二大きくなると地震のエネルギーは二倍になるらしい。

今回の地震だと、関東大震災の約四十五倍のエネルギーだという。

階段を上がり、仮眠室に向かっている途中で、二階のトイレに差しかかった。ドアがきっちり閉まっているにもかかわらず、においが鼻をついてきた気がした。水道がとまっているので、便器の水を流すことはできない。排泄物が残った便器を使う度《たび》にぞっとするので、気がつけば結子は、水分補給を避けるようになっていた。

このまま断水が長引くようなら、ほどなく便器は排泄物で一杯になってしまう。

そうなったら、衣装ケースを使うことになっている。

息をとめて駆け足で前を通りすぎ、仮眠室に駆け込む。便宜上、「仮眠室」と呼んではいるが、会議室に非常用の布団を敷いているだけだ。

ほかの課の女性職員が寝ているので、そっと布団に潜り込む。着膨れしたままでも、ひんやりと冷たかった。

でも、いまこの瞬間も、布団に包《くる》まることができない人だっている――。

丸くなりながら身体を動かし右の脇腹を下にすると、カーテンの隙間から射し込む月明かりが、壁にかかったカレンダーを白く照らしていることに気づいた。

明日は三月十四日。高宝小学校の卒業式が行われるはずだった日だ。

本当は、取材に行く予定だった。

でも、地震が発生した日。

余震が続く中、なんとか自転車で公民館まで行って取材の中止を伝えた結子は、その足で高宝小学校に向かった。混乱する人々が町を行き交い、たどり着くまで思った以上に時間がかかってしまった。着いた後も、先生たちはグラウンドに避難させた子どもたちを落ち着かせることに手一杯の様子で、とても声をかけられなかった。それでも、ようやく見つけた校長先生に卒業式をどうするのか訊ねると、早口で「中止です」と返された。

当然と言えば当然だ。

万が一、明日、急遽《きゅうきょ》式が行われたとしても、『こうほう日和』で取材できるかどうかわからない。

なにしろ毎号の印刷をお願いしている印刷所と、まだ連絡が取れていないのだ。

明後日、三月十五日発行の三月号は三月十二日に印刷が終わる予定だった。まず間違いなく印刷は済んでいないだろうが、それも確認できていない。

しかもパソコンは、停電で動かない。広報紙をつくるどころではない。

四月号では、農業用水路沿いの桜並木に関する特集を組むため、管理している人たちに取材をしていた。しかし鬼庭から「ひとまず四月号の広報紙は、震災関連の問い合わせ先だけを掲載した最低限のもので構わない」と言われている。

——広報紙に力を入れてきた町長ですら、そうするしかないと思っているんだ。

コートのポケットに入れたままにしていた携帯電話を取り出し、ディスプレイを点灯させる。電波の状況を示すアンテナピクトは、いまも一本も立っていない。もともと高宝町は電波が入りにくく、アンテナピクトがすべて立っていることの方が珍しかったが、一本も立っていないなんてことはなかった——と思っているうちに、表示が「圏外」に変わった。

地震が起こってから、ずっとこの繰り返しだ。

電話もメールも使えないので、家族や友だちの安否を確認することはできない。L県内どころか、同じ高宝町内の知り合いとすら、まともに連絡が取れないでいる。東京に住む家族や知り合いがどうなっているのか、まったくわからない。

G県海野《うみの》市で広報マンをしている福智楓《ふくちかえで》のことも心配だった。海野市は、太平洋沿岸にある。

ラジオによると、津波で壊滅的な被害を受けたらしい。

みんながいまどうしているのかと考えると、携帯電話を放り出し叫び声を上げそうになる。

「でも、これで原稿は書ける」

携帯電話を見つめたまま呟いた。

臨時相談窓口が必要なことはわかるが、町民がひっきりなしに訪ねてくるわけではない。

それなら誰も来ない間に携帯電話で原稿を書いて、電池が切れたら車のシガーソケットにつないで充電すればいい。ひとまず、桜並木の原稿を取材したところまで書く。それが終わったら、地震の被害に遭ったいまの高宝町の状況を克明に記す。書き上げた原稿は、四月号は無理でも、いつか『こうほう日和』に掲載する。未来の高宝町民が読んだら、震災のときなにが起こっていたのかを知る貴重な資料になる。書かないという選択肢はない。

それは充分承知しているのに、結子の指は動かなかった。

――わたしのことを、よそ者扱いしている町民がいるから？　違う、わたしを受け入れてくれている人たちだってたくさんいる。去年の年末からずっと、そう思って『こうほう日和』をつくってきたじゃない。今回も、それと同じはずじゃない。

何度そう思っても、やはり指は動かない。

眠れそうになくて、布団から這い出た。ひんやりした布団でも、少しは暖を取れていたらしい。冷気がまとわりつき、身体が一気に冷え込んだ気がした。首をすぼめながら窓際まで歩き、カーテンをそっと開ける。

夜に沈んだ町に、光源は星と、半円形の月しかない。

高宝町に来たばかりのころ、夜空を見たら真っ暗で、プラネタリウムでしか見たことがない数の星が輝いていると思った。でもあのときは、少なくはあるが町に明かりが灯っていた。

いまは大袈裟でなく、一つもない。

当然ではあるが、結子が広報紙をつくったところでこの状況は変わらない。停電が復旧するわけでも、トイレの水が流れるわけでも、崩れた建物が元に戻るわけでもない。

「広報紙なんて、無意味でつまらない仕事」

とっくに忘れていた一言が、口からこぼれ落ちた。

そう思っていたときよりも、ずっと力なく。

2

次の日、三月十四日の昼すぎ。結子たち職員は、高宝町役場の一階ロビーに集められた。動ける者は全員来るようにと、鬼庭から通達があったのだ。

ロビーに集まった職員の数は、ざっと見たところ五十人ほどだった。高宝町役場の職員数は百人弱なので、半分ちょっとしか来ていない。怪我をした人や、家族から離れられない人も少なくないのだろう。

ただ、幸い、連絡が取れない職員はいないようだった。

「はい、注目！」

前方から、鬼庭の声がした。後ろの方に立っている結子にはその姿が人と人の合間からしか見えないが、青い作業服を着ているようだ。鬼庭の後ろに並んだ役場の幹部陣も、同じ服を着ている。職員全員分の作業服はないため、結子のような下っ端が着ているのは、私物のジャージだった。室内だが停電が続いているので、全員、それらの上にジャンパーやコートを羽織っている。

「君たちも大変なときに集まってもらってすまない。しかし、我々は公僕だ。動ける以上は、町民に尽くさなくてはならない。どうかよろしく頼む」

鬼庭は、深々と一礼して続ける。

「幸い、少しではあるが余震は減ってきた。安全面に配慮しつつ町内の被害状況を確認し、町民から困っていることや、必要なことをヒアリングしてきてもらいたい」

鬼庭の声は力強く、耳にしているだけで身も心も引き締まってきた。「話は聞かせてもらった！」という一言とともに妙なところから現れたり、無駄な高笑いを残して立ち去ったりする普段の姿からは想像もつかない声だ。

「ヒアリングの結果は、本日中に私に報告してもらいたい。書面でも口頭でも構わない。明日からの議会ではそちらをもとに議論して、町民支援のたたき台にする」

町議会は震災前の予定どおり、明日、三月十五日から開会される。緊急事態なので前倒しして開くべきという声もあったが、被災した町議会議員も多く、目処が立たなかったらしい。

今回の町議会は、高宝駅前に多目的ホールを建設するか否かが争点になると見られていたが、もうそれどころではない。今後数年、町の復興に予算をかけなくてはならないことを考えると、ホールの建設は中止、百歩譲っても無期限延期だろう。建設中止を公約に掲げて町長に当選した鬼庭は、推進派が画策するリコールの危機に瀕していたが、思いがけない形で窮地を救われることとなった。

本人は、少しもうれしくないだろうけれど。

「ついては、各課で場所の割り振りを――」

「よろしいでしょうか、町長」

結子の少し前に立つ伊達が、手をあげた。

「町民へのヒアリングとは別に、僕を高宝山に行かせてもらえませんか。聖地がどうなっているか、確認しておきたいんです。地震で崖崩れが起こったようですしね」

結子の口から「え」と驚きの声が漏れた。ほかの職員たちも戸惑っている。

聖地というのは、人気ゲーム『ラブラブクエスト』、通称『ラブクエ』の重要なシーンのモデルとなった場所のことで、高宝山の山腹にある。

二年前、結子が『こうほう日和』でそれについて書いたことをきっかけに情報が広まり、全国から熱心なファンが観光で訪れるようになった。いわゆる「聖地巡礼」である。去年の夏は、この場所を目玉にした観光ツアーも開催された。

地震の直後、伊達の言うとおり崖崩れが起こったらしく、いまの高宝山の山腹は、赤い土が剝き出しになっている。

「もちろん僕が行った方がいい場所がほかにあるなら、そちらを優先します。しかし聖地を訪れていた人がいたかどうかの確認も早くするべきです。崖崩れに巻き込まれて怪我をして、動けなくなった人もいるかもしれませんから」

伊達の心配はもっともだ。それでも結子は、下っ端であることは承知で口を挟まずにはいられなかった。

「この季節はまだ寒いから、聖地に人がいた可能性は低いですよ。それに少し減ったとはいえ、余震が続いてます。伊達さんが危険な目に遭うかもしれません。レスキュー隊が来るのを待つべきです」

振り返った伊達が、力強い笑みを浮かべる。口許だけを見れば雄々しいが、漫画のキャラクターのようなフレームの太い黒縁眼鏡が、それを台無しにしていた。

「山道には慣れていますし、危険なようだったらすぐに引き返しますよ——そういうわけでいかがでしょうか、町長？」

言葉の途中から鬼庭の方に顔を戻し、伊達は訊ねた。

——伊達さんはそう言うけど危ないですよね、町長。行くなと言いますよね？

結子は内心で呼びかけたが、鬼庭は言った。

「わかった、そちらは任せる。広報課の残り二人、新藤と羽田《はねだ》は、介護施設や老人ホームを回ってくれ。スタッフはもちろん、入居しているお年寄りからも話を聞いてくるように。特にお年寄りは、女性二人の方がなにかと話しやすいだろう」

結子と一緒に行動するよう指示された広報課の職員、羽田茜《あかね》は短大卒で高宝町役場に就職したので先輩だが、年齢は同じである。髪形は、基本的にポニーテール。自分の目的を達成するため結子を利用しようとしたことがあるし、口が軽すぎるきらいがあるが、どこか憎めない。ころころと、よく笑うからかもしれない。

しかしいまは俯きがちで、目が虚ろだった。

「人が押し寄せたから、ガソリンスタンドにはもうガソリンが残っていないみたい。いつ新しく入ってくるかもわからない。自転車で行こう」

結子の提案にも、首を微《かす》かに縦に動かしただけだった。

しっかり防寒したまま、役場の備品である自転車を二台借りて出発した。一昨日、昨日と被害状況を確認したり、町民を避難所に誘導したりと町中を駆けずり回っていたが、何度見ても、いま目の前に広がる風景が現実のものとは思えない。

アスファルトには、方々に亀裂が走っていた。そのせいで、あまりスピードを出して自転車を漕ぐことができない。割れたお煎餅のように細かく分断された状態が、何メートルも続く箇所もある。雨が降ったわけでもないのに、大きな水たまりができてもいた。破裂した水道管から噴出した水の跡だ。

道路沿いに点在する商店は、もともとシャッターが下りている店舗はぺしゃんこにつぶれるか、大きく傾いていた。役場近くに一軒しかないコンビニは、営業こそしているものの、食料品の棚になにもないことが外からでもわかった。飲料水が陳列された冷蔵庫も、きっと似たようなものだろう。

コンビニの前を通りすぎたところで、結子は茜に言った。

「ちょっと待って」

自転車をとめた結子の前には、外壁がピンク色の建物があった。結子が通っている美容院だ。ショートカットの髪形を維持するため、二ヵ月に一度は予約を取っている。美容師のおばちゃんが話し好きの情報通で、『こうほう日和』のネタをもらえることもある。

窓から覗くと、店内は椅子が倒れ、床には鏡の破片が散乱していた。ドアには、町外に住む息子夫婦の家に避難しているため「しばらく休業します」と書かれた紙が貼られている。

無意識のうちに、右手で後ろ髪に触れていた。

伸びてきたからそろそろ予約を入れようと思っていたのに、そうか、しばらく休業してしまうのか。

「ごめん、行こう」

後ろで自転車をとめていた茜に呼びかけ、再びペダルを漕ぎ始める。

住宅街——と言っても、家がいくつか並んでいるだけの区画だが——に入る。都会に較べて、庭が広く大きな家が多い。

比較的新しい住宅は、意外と無事だった。しかし古い家は、シャッターが下りた商店と同じようになっている。とても人が住める状態ではない。もともと無人だった家もあるだろうが、中には庭がきれいに手入れされた家もあった。

まだ正確な数はわからないが、町内の家屋倒壊はかなりの数に及ぶようだ。巻き込まれて亡くなった人も、少なくないと見られている。

——この辺りに住んでいた人は、どうなったんだろう？

気がつけば結子は地面に右足を着け、傾いた家を見つめていた。茜に追い抜かれてしまうと思って慌ててペダルに足をかけようとしたが、自転車が走る音が聞こえない。振り返ると、茜は結子の何メートルも後方、住宅街に入る辺りで自転車をとめ、顔を後ろに向けていた。

「茜」

呼びかけても、茜はぴくりとも動かない。

「茜！」

もう一度、声を大きくして呼びかけると、茜は結子の方に顔を向け、ペダルをのろのろ漕ぎ出した。なにも言わないし、表情も変わらない。

茜は、生まれも育ちも高宝町だ。

彼女の目に、いまの高宝町はどう映っているのだろう？　なにか言ってあげたいが、かける言葉が見つからない。

茜とともに、無言で前に進む。農業用水路がある通りに出た。水路の両脇に植えられた桜の木は、ほとんどが無残に倒れている。そうでないものも、地面がえぐれて根が剝き出しになっていた。これでは春が来ても、桜を愛《め》でるどころではない。

たとえいまから広報課の体制が整ったとしても、四月号の特集ページ――『今月のこだわり』はできないということだ。

桜の方はなるべく見ないようにしているうちに、目的の介護施設「ぬくもり高宝」に到着した。何年か前につくられたばかりだという、二階建ての建物だ。

やはり無言のまま、茜と自転車から降りる。インターホンを鳴らそうとしたが、停電していることを思い出し、ドアをノックした。人の気配はするものの、誰も出てこない。やむなくドアを開けて玄関に入った結子は、声を大きくして呼びかける。

「失礼します。わたくし、高宝町役場から参りました――」

「あんた、広報の人でしょ？」

結子の言葉は、喧嘩腰の声に遮られた。上下とも紺色のユニフォームを着た若い男性が廊下の突き当たりにある部屋から飛び出し、大股でこちらに歩いてくる。この施設のスタッフのようだ。

「こんな非常時にまで取材？　やめて、そういうの。こっちは忙しいの。あんたの記者ごっこにつき合っている暇はないの」

「いえ、わたしは……」

思いがけない言葉をぶつけられ、口ごもってしまう。男性は、苛立たしげに息をついた。

「わかってるよ、『ごっこ』じゃなくて本気だって言いたいんでしょ。でも傍目《はため》にはそう見えるの。そんなことをしている暇があったら、うちの施設を手伝ってほしいの。ただでさえ人が少ないのに怪我人が出て、大変なんだから」

「新藤は、広報マンとして来たわけではありませんよ。町長の指示で、被害の確認と、困っていることや必要なことがないか、みなさんからヒアリングするために来たんです」

茜が、覇気のない声ではあるものの、助け船を出してくれた。男性は茜に目を遣ってから結子に視線を戻し、次いで、気まずそうに目を逸《そ》らす。

「そういうことなら……最初から言ってくれれば……」

「新藤さんが言う暇もなく、あなたが怒鳴ったんでしょう」

男性が出てきた部屋から、車椅子に乗った女性がやって来た。顔はしわだらけだが、背筋を真っ直ぐに伸ばしていて、口調もしっかりしている。

「悪いことをしたらどうするんだっけ、武田《たけだ》くん？」

「……すみませんでした、新藤さん。話は、あちらでさせてください」

男性——武田は微かに頭を下げると踵《きびす》を返し、出てきた部屋へと戻っていった。結子が戸惑いつつも後に続こうとすると、女性も頭を下げてくる。

「ごめんなさいね、新藤さん。私が言うのもなんだけど、地震で怪我をしたスタッフが何人もいるし、電気も使えないから、武田くんはいつもの十倍くらい大変なの。それでいらいらしているみたい。だからって、記者ごっこなんて言いすぎよね」

「いえ……そう見られても、仕方がないですし」

結子がつい弱気になると、女性は首を横に振った。

「そんなことじゃだめ。新藤さんは、全力で『こうほう日和』をつくっていると聞いたわよ。だから毎号、あんなにおもしろいんでしょ。『ごっこ』なんて言う人には、きっちり抗議しなくちゃ」

——でもいまは、その広報紙をつくる気になれないんです。

そう口にするのは甘えすぎなので、「読んでくださっているんですね。うれしいです」とだけ返し、突き当たりの部屋に向かった。

ぬくもり高宝を出た結子たちは、町内にあるほかの介護施設や老人ホームも訪問してから役場に戻った。

早く電気を復旧させてほしい、食べ物も水も不足している、役場から人を回して……ヒアリングで出された要望はどれも切実だったが、すぐに応じることはできない。ペダルを漕ぐ足は、行きよりもはるかに重たかった。

茜と会話がないまま広報課に行くと、伊達が席に座っていた。その顔を見た瞬間、違和感を覚えたが、それより無事に帰ってきてくれたことにほっとして訊ねる。

「怪我がないようでよかったです、伊達さん。聖地はどうでしたか？」

「こうでした」

伊達がデジタル一眼レフカメラのディスプレイを向けてくる。傍に近づきそれを覗き込んだ結子と茜は、数秒の間《ま》を挟んでそろって息を呑んだ。

聖地について訊ねたら伊達が「こうでした」と返してきたにもかかわらず、最初はなにが映っているのかわからなかった。ディスプレイに映った写真の情報量が多すぎて、「ぐしゃっ」とした印象しか受けなかったからだ。しかし土砂崩れが起きて岩がいくつも転がり、木が何本も倒れていることを読み取ってから、聖地だった場所だとわかった。

「聖地への道も相当崩れていましたが、ここは予想以上でした。鏡が祀られた祠《ほこら》に至っては、跡形もありません」

　ディスプレイを結子たちに向けながら、伊達は淡々と語る。

「目に見える範囲に人はいませんでしたし、呼びかけても誰からもなんの反応もありませんでした。ただ、崖崩れに巻き込まれた人がいなかったかどうか、現時点では確かめようがない。危険ですから、当面は山に入ること自体、禁止した方がいいでしょう」

「町長に、報告は……」

　結子がかすれ声で訊ねると、伊達は首を横に振った。

「まだです。先に報告している職員がいたので、新藤くん、羽田くんと一緒に行こうと思いました。二人が一息ついてから行きましょう」

「はい」と返事をし、改めてディスプレイに目を向ける。

　そうか。聖地はもうないのか。結子が『こうほう日和』で取材してから町外にも存在を知られるようになった、この場所が。たくさんの『ラブクエ』ファンが訪れてくれたのに。これからもファンの「聖地巡礼」が続くと、当たり前のように思っていたのに。

　茜は無言のまま、自分の席に着いた。この場所に通ってイラストを描いたこともある茜がいまどんな思いを抱えているのか。結子には想像もつかない。

伊達はカメラを机に置くと、軽く息をついた。

「さっき東浦《ひがしうら》くんから聞いたのですが、三島《みしま》地区は道路が崩落していて、先に進めないそうです」

東浦公太《こうた》は、土木整備課に所属する職員だ。結子は去年、一緒に三島地区に行ったことがある。その車中で東浦は、集落につながる道路になにかあったら三島地区が陸の孤島と化すと心配していた。

伊達は、結子の方を見ずに続ける。

「三島地区の住民とは連絡が取れず、安否不明だとも言っていました」

「安否不明」

呆然と呟いてしまう。

三島地区には、結子が初めて担当した『こうほう日和』で取材した相手が住んでいる。とにかく彼女がほしくて、必死になっていた青年だ。東浦と三島地区を訪れたときは髪を金色に染めて、これで彼女ができなかったら一生一人で生きていくしかないと筋違いの悲壮な決意を固めていた。

大丈夫、あんなことを言っていた人の身になにかあるはずがない――そう口に出したかったが、言葉を紡げない。その代わりのように、結子は訊ねた。

「町長は、自衛隊に救援要請を出さないんですか」

「出そうとはしているでしょうが、難しいでしょうね。現状では、どうしても津波の被害があった自治体を優先しなくてはならないでしょうから」

高宝町には海がない。いくら町内で古い建物が倒壊し、犠牲者が出ているとしても、沿岸部の自治体と比較して被害が軽微と判断されているのかもしれない。

こっちだって、大変なのに。

「国の救援がいつ来るかわからない以上、当面は我々が、この町を守るしかないということです」

「はい」

俯きそうになりながらも、結子は顔を上げて伊達に頷いた。そのときになって、ようやく違和感の正体に気づく。

「伊達さん、どうして眼鏡をかけていないんですか？」

伊達の黒縁眼鏡はレンズに度が入っていない、いわゆる伊達眼鏡だ。広報マン時代、取材相手に「目つきがこわい」と言われてから、いつもかけるようになったと聞いている。

その眼鏡を、いまの伊達はかけていない。

こうして見ると、確かに伊達の目つきは鋭く、抜き身の刀を思わせた。眼鏡をかけている姿を見慣れているだけに、睨まれているわけでもないのに少し身構えてしまう。

「深い意味はありません。眼鏡をかけていない方が動きやすかったからですよ」

笑みを浮かべて言われても、それは変わらなかった。

3

鬼庭への報告を終えてしばらくの後《のち》、また夜になった。今夜も結子は、臨時相談窓口で番をしている。シフトは昨夜と同じ、午後十一時まで。暖房器具を使えないのも、昨夜と同じ。窓の外では小雪がちらつき、厚着をしていても身体が芯から冷え込んでくる。

今夜一緒にいるのは、あまり話をしたことがない中年の男性職員だった。仕事なので誰と組んでも構わないのだが、今夜にかぎっては親しく会話できる人と一緒がよかった。

黙っていると、現実になってほしくない想像がどんどん膨らんでしまうからだ。

真っ白な雪片が舞い落ちる、山間の小さな集落、三島地区。そこには、柱が折れたり、屋根が落ちたりして崩壊した家がいくつもある。家々の隙間からは、もう動かなくなった人間の身体が覗き見える。

そのうちの一つは、金色の髪をした――。

そこまで考えたところで席を立ったり、携帯電話を握りしめたりして思考を逸らす。しかし気がつけば、また同じ想像が始まる。先ほどからこれを繰り返しているうちに、午後九時をすぎた。

シフトに入ってから四時間。頭に浮かぶ映像は、徐々にディテールを増している。もう動くことのない、金色の髪をした男性。年齢は、結子と同じくらい。その顔は――さんざん「彼女がほしい」と騒いでいたのに、遂にそれが実現しないまま――。

「よう、結子」

想像の中の男性がしゃべったのかと思った。しかし、現実に鼓膜が揺れたようにも思える。声がした方を振り向いたら、想像か現実か答えを出せる。しかし机に視線を落としたまま、動くことができない。

「結子。おーい、結子ってば」

再び声がした。

想像なんかじゃない、この馴《な》れ馴れしい話し方は……。

弾かれたように顔を向けた先、受付カウンターに置かれた非常用ランプのすぐ傍には、いままさに思い浮かべそうになっていた顔があった。

「なんだよ、ただでさえでかい目を、もっとでっかくして。なにか言ってくれよ。こっちは寒い中、暗くてヤバい道を来てやったんだ。なんかこう、歓迎の言葉とか――」

「屋代《やしろ》くん！」

その名を叫び、結子は屋代蓮司《れんじ》のもとに駆け寄る。

「それそれ。そういう反応がほしかったんだよ」

屋代は、金髪を無意味にかき上げた。


「どうぞ、好きなだけ飲んでください」

結子の隣に座った屋代の前に、男性職員はペットボトルのお茶を三本置いた。飲料水は貴重だが、屋代は本来なら人が通れない悪路を経由してここまで来たのだ。いくら飲んでもらったって構わない。

「あざっす！」

キャップを開けた屋代は、お茶を一気に半分ほど飲み干す。

「いやー、生き返ります。本当ならもっと早く役場に着くはずだったのに、みんなして迷子になっちまって。あとちょっとで遭難するところでしたね」

よく見ると、屋代のジャンパーにもジーンズにも靴にも、方々に泥がこびり着いていた。擦り傷もいくつもある。笑ってはいるが、相当な強行軍だったに違いない。胸を痛くしながら、結子は訊ねた。

「『みんなして』ということは、屋代くんが一人で来たわけじゃないんだよね。ほかの人たちは？」

「うちの地区の住民の親族とか関係者に会って、無事を伝えている。俺は第九区自主防災会のリーダーとして、役場に全員の無事を報告しに来たってわけさ」

「みんな無事なの？」

思わず身を乗り出した結子に、屋代は気取った調子で肩をすくめた。

「そう言っただろ？」

結子の全身から、力がへなへなと抜けていく。

「よかった……大きな地震だったから、最悪の事態も起こっているんじゃないかと……」

屋代が「はあ？」と不服そうな声を上げた。

「そんなもん、起こるわけないじゃんか。なんのために、定期的に防災訓練をやってると思っているんだ？」

防災訓練。初めて『こうほう日和』で取材したテーマで、思い入れのある言葉なのに、なんのことかすぐにはわからなかった。

「なにをきょとんとしてるんだよ」

屋代があきれ顔になる。

「俺たちはなにかあったときに身を守るため、地区総出で防災訓練をしているんだ。おかげで十一日の地震の後も、すばやく行動できた。仕事で留守にしている連中も多かったけど、俺みたいな農家は基本、家かその近くにいるからな。余震が続く中、安全確認をして、ヤバそうな家のお年寄りは避難所に連れていった。食料は充分備蓄しているし、仮設トイレもある。余震の度にみんなこわがっているけど、当面は大丈夫だよ。こういうのは、うちの地区だけじゃない」

「どういうこと？」

「町に入ってから、ほかの自主防災会の連中とたまたま会ったんだよ。どこの地区の連中も、訓練の成果が発揮されて大きな被害は出てないらしいぜ。結子のおかげだな」

最後の一言が唐突すぎて、聞き違いかと思った。

「わたしは、なにもしてないでしょ」

「お前が『彼女ができる』と俺を唆《そそのか》して『こうほう日和』に載せてくれたから、あっちこっちで自主防災会が盛り上がったんじゃないか」

一瞬、呼吸がとまった。

「もし自主防災会がなかったら、うちの地区だけじゃない、ほかの地区も悲惨なことになっていたと思うぜ。ありがとうな、結子」

屋代の方は、ごく当然の、なんでもないことのように言ってから残ったお茶を飲み干し、席を立った。

「じゃ、もう行くわ。今夜は友だち《ダチ》の家に泊めてもらって、飯を食って寝る。明日、できるだけ早く三島地区に戻らないと。こいつはいただいていくぜ」

「待って」

二本のペットボトルを手に踵を返しかけた屋代を、結子は慌てて呼びとめる。

「三島地区の状況を、災害対策本部に報告してほしい。一緒に行こう」

役場の三階、大会議室に設置された災害対策本部には、臨時相談窓口と同様、二十四時間体制で誰かが待機している。鬼庭も、すぐ傍の町長室に泊まり込んでいる。三島地区の無事を、早く知らせてあげたい。

屋代は肩をすくめた。

「面倒だけど仕方ないな。さっさと連れていってくれ」

「その前に、お礼を言わせて」

「お礼って、お前が俺に？」

「うん」

結子は席を立ち、屋代の顔を見上げた。

「わたしの方こそ、いい知らせを持ってきてくれてありがとう。本当に、ありがとう」

これだけでは足りないと思い、続ける。

「屋代くんは頼もしくなったから、地震が落ち着いたらすぐに彼女ができるよ」

屋代にとっては、この言葉が最大の賛辞だと思った。

「結子……」

屋代は呟き、まじまじと結子を見つめてくる。結子は微笑んだまま、屋代を見つめ返す。しばらくの間お互いにそうしていたが、屋代は目を逸らすと、心底気まずそうに言った。

「もしかしてお前、俺の彼女になりたいのか？　悪いけど俺は、色気のある女じゃないとだめなんだ。すまない。どうか許してくれ」


「なんでそうなるのよ。空気は読めなくていいから、相手の気持ちを読み取りなさいよ。そういうことだから、あんたは彼女ができないのよ！」

本来なら、屋代が泣きそうになるくらいの剣幕で捲《まく》し立ててやるところではある。しかし、屋代は危険を冒して町まで来てくれたのだ。笑顔がひきつっていることを自覚しつつも、「そういうつもりで言ったわけじゃないけど、とにかく行こう」と促し、災害対策本部に連れていった。

結子が一人で臨時相談窓口に戻ると、目の下に黒々としたクマができた中年女性が、男性職員と話をしていた。度重なる余震で家が崩れそうなので、避難所に行きたいらしい。結子は地図を見せて、女性に避難所の場所を説明する。

十五分ほどして、女性がお礼を言って役場を出ていくと、屋代が下りてきた。

「お帰り。どうだった？」

「町長からヒーローって言われちまったよ。ヤバいな、これ。今度こそ本当に彼女ができるかもしれねえ！」

はしゃぐ屋代を役場の外まで見送る。後ろ姿が見えなくなってから再び席に戻ると、男性職員が声をかけてきた。

「正直、『こうほう日和』を読んだことがなかったんですけど、すごい影響力ですね。今度読んでみます。みんなにも教えないと」

「ありがとうございます」

結子は笑みを浮かべて会釈した。これでもう、嫌な想像をしないで済む。胸を撫で下ろしてから、ふと思った。

——このことを『こうほう日和』に書くべきかも。いまなら書けるかも。

こわごわ伸ばした手で、携帯電話をつかむ。しかし「書こう」と自らに呼びかけても、やはり指はぴくりとも動かなかった。

自主防災会の役に立てたことは間違いない。己惚《うぬぼ》れではなく、結子がつくった『こうほう日和』で救われた命もあったかもしれない。

でも、それは奇跡のような偶然。いまは『こうほう日和』をつくれないし、つくったところで、いままさに困っている町民の役に立てるとは思えない。

——伊達さんだったら、こういうときどうするんだろう。

目を閉じて考えてみたが、伊達の姿をうまく思い浮かべることができなかった。最後に会ったとき、黒縁眼鏡をはずしていたからだろうか。

4

四日後の三月十八日。午後になって、高宝町内の大部分で電気と水道、電話が復旧した。

「今日は早めに帰ってもらって構わない」という鬼庭の言葉を受けて、結子は定時に帰宅した。自宅は、築浅であること以外は取り立てて特徴がないアパートだ。それでも電気がつくだけで、高級ホテルの一室だと錯覚しそうになった。

結子が真っ先にしたのは、風呂に入ることだった。お湯に浸かるってこんなにも気持ちいいことだったのか、と感動するあまり、一時間近く出られなかった。用を足した後、すぐにトイレを流せることにも感激した。

エアコンがつくので、部屋の中では厚着をしなくてもいい。おかげで、のびのびと身体を動かせる。これも新鮮な驚きだった。

自分が当たり前だと思っていたことが、実はそうではなかったのだと思い知る。

――この『当たり前』を体験できない人が、まだたくさんいるんだ。

テレビをつけてみる。久々に観るテレビは、当然ながら震災の報道ばかりだった。津波に襲われた沿岸の街は建物の倒壊や火災が激しく、犠牲者の数は不明。電気も水道も電話も復旧の目処が立っていないらしい。

高宝町だって、古い家屋を中心に建物がいくつも崩壊した。今日の時点で半壊もしくは全壊した建物は町全体の三割強に、それに巻き込まれて怪我をした人は重軽傷合わせ二百人、亡くなった人は五十人を超えると見られている。

しかしインフラ面にかぎって見れば、被害は比較的軽かったのかもしれない――そう思わざるをえなかった。

被災地の惨状、原発の現状、政府の会見……テレビから流れてくるのは同じようなニュースばかりで、新しい情報は入ってこない。それでも消すことができないまま、結子はベッドに横たわり、携帯電話を顔の前に掲げた。

電話が復旧してからの記憶が蘇ってくる。

＊

最初に電話をかけてきたのは、印刷所の担当者だった。屋内にあるものがいろいろとひっくり返り、印刷機が一台壊れたものの、残った設備でどうにか業務を再開できるという。週明けには三月号の印刷にも着手して、業者と相談しながら少しずつ配送を始めていく。震災のせいで配送が遅れたことをお詫びする旨を書いた紙も用意してくれるらしい。

ただ、結子の方に問題がある。四月号でやろうと思っていた桜並木の取材を続けることは現実的ではない。いまの町の状況で、新たな『今月のこだわり』のネタを見つけることも難しい。

「――というわけで、四月号に関しては四ページのお知らせだけの広報紙にするので、それほど印刷の手間は取らせないと思います」

結子が言うと、え、という怪訝《けげん》そうな声が聞こえてきた。

「どうしたんですか」

〈いや……新藤さんだったら、『とにかくなにかつくるからスケジュールを空けておいてください』とか言い出すと思ってたんで〉

「そんな無茶なことは言いませんよ」

〈自覚がないのか……あ、いや、すみません。震災で、それどころじゃないってことですよね〉

「……そうですね。では、また連絡します」

短く応じて、電話を終えた。


それから携帯電話に届いた、大量の未読メールをチェックした。

去年の全国広報広聴研究大会、通称「全国大会」で知り合った広報マンたちは、結子の安否を心配するメールを送ってくれていた。できることがあったら教えてほしい、という趣旨のメールも多かった。

Z県瓦《かわら》市の塔本慎之介《とうもとしんのすけ》のメールには〈全国の自治体広報マンから、東北のために連携してなにかできないかという声が届いています。新藤さんも、アイデアがあったら連絡をください〉と書かれていた。Z県も東北地方にあるが、震源から距離があるので、L県やG県に較べれば被害が大きくないらしい。

あくまで「較べれば」ではあるが。

塔本の申し出はありがたくはあった。でも何度読み返しても「全国の自治体広報マンが連携」という言葉が、意味はわかるのに頭に入ってこなくて、〈ありがとうございます。なにかありましたら〉と返信するのが精一杯だった。


ちなみに元婚約者の泉田昇平《いずみだしょうへい》からも、自身の無事を知らせつつ、結子の安否を確認するメールが届いていたので、「無事です」とだけ返信しておいた。


メールは、東京に住む友人の明美《あけみ》と沙耶香《さやか》からも来ていた。

明美は都内の市役所で公務員を、沙耶香は出版社で編集者をしている。二人とも、震災の影響で仕事のスケジュールに支障を来《きた》したし、原発がどうなるかという不安を抱えてもいるが、怪我はなく無事らしい。

最近は忙しくてほとんど連絡を取っていなかったが、二人の顔を無性に見たくなった。

その思いをさらに強くしているのが、両親だった。

両親からは、結子の身を心配するメールが何通も届いていた。それを読んだ結子が電話をかけると、父は安堵し、母は涙ぐんだ。つられて涙ぐむ結子に、母は言った。

〈そっちは、またいつ大きな余震が来るかわからない。原発もこわいでしょ。仕事をやめて、東京に帰ってきなさいよ。というより、帰りたいでしょう?〉

＊

「東京に帰る、か」

掲げた携帯電話を見つめたまま、ぽつりと呟く。

少し前までは、東京に帰るとしてもずっと先のことだと思っていた。

でも、いまはわからない。

——僕が『こうほう日和』で町民に町を愛してもらいたいのは、町民を愛しているからです。

以前、伊達はそう言っていた。しかし結子には「町民を愛している」というのがどういうことなのか、理解できなかった。もちろん、言葉の上ではなにも難しいことはないが、感覚がわからない。それをわかるようになりたかった。町民のために『こうほう日和』をつくり続けていれば、いつかはわかるかもしれないと思った。

でも去年の年末に起こった事件によって、自分を決して愛してくれない町民がいることを知ってしまった。

――高宝っ子。

そのうちの一人が包み込むような心地よい声で言ったあの言葉は、いまも時折なんの前触れもなく蘇り、結子の胸に突き刺さる。

自分を愛してくれない町民のために『こうほう日和』をつくれるのか？　その答えが出ないままつくり続けていたところに、この地震だ。

どんなに立派な『こうほう日和』をつくったところで、いまのこの状況はなに一つ変わらない。

それなら、適当なところで退職届を出しても――。

「こんなときになにを言ってるんだ、ばか」

携帯電話をベッドに放り、両手で頬をたたいた。鬼庭は職員たちに「来週辺りから震災対応に当たりつつ、通常業務にも戻ってもらう」と言っていた。役場内は、方々で棚が倒れ、書類が床に散乱している状態だが、その片づけも本格的に始めなくてはならない。これからますます忙しくなるはずだ。仕事を放り出すなんてありえない。

とはいえ広報課は、当面、通常業務に戻れそうにない。

三月十一日から約一週間、高宝町役場が情報を発信できないでいる間に、世間にはデマや風評被害が広まっていた。地震で石油コンビナートが爆発して汚染された雨が東北全体に降り注いでいるだの、地震の犠牲者より放射能を浴びて死んだ人の方が多いだの、考えるまでもなく嘘だとわかるものばかりだ。

しかしインターネット上では事実と見なされ、東北に対する偏見や、筋違いの同情論が広まっていた。余震が続き、原発事故の収束も見通せない中、冷静な判断ができなくなっている人が多いのだろう。

そこで鬼庭は、ほかの自治体と連携しつつ積極的に記者会見を開き、マスコミを通して偽の情報を否定するつもりでいるらしい。鬼庭の言動は誤解されやすいので、伊達が広報官として付き添うことになるだろう。伊達の仕事は、しばらくはそちらがメインになる。

ウェブ広報担当の茜は、鬼庭の指示のもと、デマの否定や正しい情報を、町のホームページで発信していくことになりそうだ。下手なことを書いては逆に炎上しかねないので、慎重に対応しなくてはならない。被害状況や避難所の情報を随時更新したり、問い合わせに対応したりといった仕事もあるだろう。

「二人に較べたら、わたしはまだ余裕があるな」

四月号は最低限のものだけでいいと言われたので、気合いを入れて原稿を書く必要はない。

伊達と茜を手伝うか、ほかの課の人にやることはないか話をしてみるか。わからないが、一旦『こうほう日和』から離れられるのはいいことなのかも――。

ベッドに放った携帯電話が、着信音を奏でた。誰かから安否確認の電話がかかってきたのかと思ったが、ディスプレイに表示された名前は「高宝小学校」だった。卒業式の取材をさせてもらう予定だった学校だ。なんだろうと思いながら電話に出る。

「もしもし」

〈夜分遅く恐れ入ります。高宝小学校の校長をしております井川《いがわ》です。新藤結子さんのケータイで間違いないでしょうか〉

地震が起こった日、卒業式は中止だと教えてくれた先生だ。ベッドの上で半身を起こす。

「はい、新藤です」

〈井川です。大変なときに電話してしまって申し訳ありません〉

「大丈夫です。そちらこそ、大変なんじゃありませんか」

〈ええ、まあ。でもうちの学校は教職員も子どもたちも、全員無事が確認できています。それで……こんなときに厚かましいお願いであることは承知しているのですが……〉

「どうかしましたか？」

〈実は〉

井川は一度言葉を切ってから、思い切ったように言う。

〈来週、やはり卒業式をすることになったので、『こうほう日和』で取材してほしいんです〉

〈卒業式？〉

電話から、片倉清矢《かたくらせいや》の怪訝そうな声が聞こえてきた。

片倉は、日京《にっきょう》新聞のL支社に勤務する記者である。週に一度は町ネタを求めて広報課に顔を見せていたが、三月十一日以降、連絡が取れなくなっていた。

今日、電話が復旧した後で連絡しようか迷った結子だったが、新聞社は未曽有の大災害を前に多忙を極めているはず。遠慮して、自分が無事であることを伝えるメールだけ送ったところ、夜になって片倉の方から電話をくれたのだ。

思ったとおり、日京新聞社はほとんどの記者が連日連夜、震災の取材に投入されているのだという。片倉も、何日も家に帰っていないそうだ。〈高宝町も大変なことになっているでしょうから、新藤さんも当分『こうほう日和』の仕事ができないでしょうね〉と言われたので来週の話をしたところ、返ってきた言葉が〈卒業式？〉である。

「そうです。来週の火曜日、三月二十二日に」

〈それは、おめでたいことですが……できるのですか？〉

「わたしもできないと思っていました。でも子どもたちが『こういうときだからこそ、どうしても卒業式をやってほしい』と先生方《がた》にかけ合ったんだそうです。先生方は保護者と相談して、簡単な式をあげることにしたと聞きました」

〈それはまた、随分と熱心な小学生ですね〉

「そうですね。中心になったのは、善通寺京一郎《ぜんつうじきょういちろう》くんだそうですよ」

〈高宝ジェネレーションズのエースで四番の少年ですよね。スポーツもできてリーダーシップもあるのか。将来が楽しみですね〉

「ええ、まあ」

片倉は感心した様子だったが、結子は曖昧な返事しかできなかった。

善通寺京一郎は、必死に練習してエースの座をつかんだ野球少年だ。ただし、そのせいで増長してしまい、チームメイトを見下しまくっていた。結子がジェネレーションズを取材したのは、その最中《さなか》である去年四月のこと。

いろいろあって、結果的に京一郎は心を入れ替えはした。

とはいえ、卒業式をするために子どもたちの中心となって大人を説得する姿は、ちょっと想像できない。

もちろん結子は、京一郎が増長していたことも、その裏である人物が進めていた企てのことも、『こうほう日和』には一切書いていない。だから片倉のように『こうほう日和』を読んだだけの人は、京一郎を将来有望で練習熱心な野球少年としか思っていないはずだ。

〈子どもたちの熱意に応えるためにも、新藤さんはいい紙面をつくらなくてはいけませんね。こんな状況で大変でしょうが、がんばってください。自分も、なにかできることがあれば力を貸します——なんて、気軽に言える状況ではありませんが〉

電話の向こうから、ため息交じりの笑い声が聞こえてきた。

「お気持ちだけで充分ですよ。落ち着いたら、また町ネタをさがしに広報課に来てくださいね」

〈ありがとうございます。遠くないうちに、また〉

「はい。おやす——また、そのうち」

おやすみなさい、と言いかけたが、きっと片倉はこの後も仕事がある。違う言葉に言い換えて、結子は電話を切った。それからベッドに仰向けになり、軽く目を閉じる。

大人を説得する京一郎は想像できないままだったが、子どもたちの熱意によって卒業式が行われることは確かだ。わざわざ取材してほしいと連絡が来たのだし、片倉の言うとおり、いい紙面をつくらなくてはいけない。井川には、四月号には載せられないことを伝えて了承してもらっている。なんの問題もない。

でも。

電気が復旧した後すぐ、役場のパソコンを起動させてキーボードに手を置いても、どの指もぴくりとも動かなかった。

あのときはだめだったけれど、人心地がついたいまだったら。そう思いながら、携帯電話に指をかけてみたが。

――わたしが広報紙をつくったところで、いまのこの状況は変わらない。

すぐにその一言で頭が一杯になり、やはり指は動かなかった。


三月二十二日午前十時。

結子はデジタル一眼レフカメラを首からぶら下げ、高宝小学校のグラウンドに立っていた。右腕には「高宝町広報課」と書かれた腕章。これを巻くのは三月十一日、公民館に取材に行こうとしたとき以来だ。

『こうほう日和』の担当になってから、こんなに長い期間この腕章を巻かなかったのは初めてだった。

体育館は避難所として使われているので、今日の卒業式はグラウンドで開催されるという。保護者のほか、避難所にいる人たちが何人も――おそらく三十人以上――見にきているが、在校生の参加はなし。式自体も、六年生の代表に卒業証書を渡すだけで、一人一人への授与は省略される。

その代表というのが、京一郎だった。

今年の高宝小学校の卒業生は、三十六人だ。青空が広がってはいるものの気温は低いので、みんなコートを羽織ったり、ジャンパーを着込んだりして、縦横に六人ずつ並んでいる。

「卒業証書授与。六年一組、善通寺京一郎くん」

「はい！」

井川の呼びかけにはきはきした声で応じた京一郎は前に進み出て、卒業証書を受け取った。子どもと保護者、そして避難している人たちから拍手が送られる。

年齢に関係なく、涙ぐんでいる人が多かった。

結子はその様子を、最前列の近くで屈み写真に収める。

「では、善通寺くん。みなさんにご挨拶を」

井川に促され、京一郎が朝礼台に上がった。結子はスイッチを入れたボイスレコーダーを、そっと地面に置く。

——雰囲気《ふんいき》が変わったな、京一郎くん。

朝礼台に立った京一郎を見て、結子は目を細めた。一年前に較べて、小学生にしては高かった身長はさらに伸び、肩幅も広くなった。

でも、なにより変わったのは目つきだった。

つり気味で、鋭い印象を受けることに変わりはないが、どこかやわらかくもなっている。

「本日は僕たちのために卒業式を開いていただき、先生方、保護者のみなさまに心からお礼申し上げます」

先ほどの「はい！」を聞いたときから薄々察していたが、声変わりが始まっているらしく、京一郎の声は結子の記憶の中にあるものより低かった。

「三月十一日に大きな地震がありました。たくさんの人が亡くなって、高宝町も被害に遭いました。僕たちの卒業式は三月十四日でしたが、当然、中止になりました。本当なら中止のままで、僕たちは中学生になるべきだったのかもしれません。でも」

京一郎の言葉が、不意に途切れた。息を吸い込んだ京一郎は「でも」ともう一度口にして先を続ける。

「友だちと話しているうちに、卒業式をやってもらいたいという気持ちが強くなったんです。僕たちが学校に通って、勉強をしたり、スポーツをしたり、みんなと遊んだりできるのは当たり前のことじゃない。こうして全員で小学校を卒業できることは奇跡なんだ。そのことを、一生忘れないようにするためです」

シャッターを切る結子の指が、とまった。

「ほかの友だちにも話したら、同じ考えの奴がたくさんいました。だから先生たちに無理を言って、卒業式をしてほしいとお願いしたんです。そのときは、まだ停電してたけど……体育館も使えないし、式をしている間に地震が来たらヤバいけど……絶対に、やってほしくて……」

京一郎が鼻をすする。

「俺たちは、今日のことを忘れません。自分たちが小学校をちゃんと卒業できたことに感謝して、これから中学生になって、がんばって生きていきます。俺たちのわがままを聞いて卒業式をしてくれて……本当に……本当に、ありがとうございました！」

京一郎の一人称は「僕」から「俺」になり、途中からは涙を流していた。深々と頭を下げたまま動かず、肩が震えてもいる。

「よく言った！」

卒業式らしからぬ声援とともに拍手したのは、眉毛が太く、意志の強そうな顔立ちをした少女——佐野《さの》風花《ふうか》だった。京一郎のライバルにして、（たぶん）相思相愛の少女である。風花に続き、ほかの子どもたちも、保護者や避難所から来ている人たちも先ほど以上に大きな拍手を送った。結子も撮影していなければ、同じようにしていたに違いない。

京一郎の肩の震えが、大きくなった。

高宝小学校を出ると、夫婦らしき年配の男女が道端に生えた樹木――梅の木の下でしゃがみ込み、猫を代わる代わる撫でていた。猫は嫌がるわけでも喜ぶわけでもなく、四肢を身体の下に折り畳むようにして座ったまま、撫でられるに任せている。

結子は首から下げたカメラを構え、二人と一匹の姿を写真に収めた。猫は、撮影が終わるのを待っていたかのようなタイミングで立ち上がり、「もういいでしょ」と言わんばかりのスンとした顔をして歩いていく。

猫の姿が角を曲がって見えなくなってから、結子は二人に声をかけた。

「すみません、ちょっとよろしいでしょうか」

その一言を入口に、自分が広報紙担当であること、猫を撫でる姿を見てつい写真に撮ってしまったこと、とてもいい写真なので広報紙に使わせてほしいことを説明する。二人は驚いたように顔を見合わせたが、すぐ笑顔になって「どうぞ」と言ってくれた。連絡先を聞いてお礼を言い、去っていく二人を見送る。

その姿が角を曲がって見えなくなると、結子は撮影した写真をディスプレイに表示させた。震災の直後こういう一幕もあったのだと未来の高宝町民に伝える、貴重な資料になる。この前も似たようなことを考えたのに原稿を書く気になれなかったが、いまは違う。

――僕たちが学校に通って、勉強をしたり、スポーツをしたり、みんなと遊んだりできるのは当たり前のことじゃない。

一年前までは増長して周りに眉をひそめられていた子どもが、ついこの前、結子が思い知ったことを人前で堂々と口にしたのだ。

自分を愛してくれない町民のために『こうほう日和』をつくれるのか？

この状況で『こうほう日和』をつくったところで意味があるのか？

どちらの答えも出せないままだが、ごちゃごちゃ考えるのは後回しだ。

携帯電話を取り出した結子は、母親の番号に発信する。母は、ワンコール目の呼び出し音が鳴り終わる前に出た。

〈もしもし。どうしたの？〉

母の第一声は、それだった。心配してくれているのだろう。結子は、できるだけ静かな声で答える。

「大事な話があって電話したの」

〈なに？　怪我とかじゃないよね。仕事をやめて、東京に帰ってくる話？〉

「その逆。わたしは、高宝町に残ることにした」

〈なんで？〉

結子が言い終えるのとほとんど同時に、母は悲鳴交じりの声を飛ばしてきた。

〈結子にとってそこは、就職するまで縁もゆかりもなかった町でしょう？　余震だって続いているんでしょう？　すぐにやめるのは役場に迷惑だろうけど、できるだけ早く辞表を出して帰ってきなさい〉

この前と違って、命令口調だ。

「それはできない。ここで、やらないといけない仕事を見つけたから」

〈結子のことをよそ者扱いして嫌っている人がいる町に、そんなものがあるとは思えない〉

年末年始に帰省したとき、よそ者扱いされたことを、つい愚痴《ぐち》ってしまったのだ。でも、

「それとこれとは関係ない」

〈どう関係ないっていうの。いいから、早く帰ってきて。お母さんとお父さんを安心させて

――〉

〈まあまあ、真由《まゆ》さん。少し落ち着いて〉

電話越しに聞こえる声が、父に変わった。結子は驚いて訊ねる。

「なんでお父さんがいるの？　今日、会社は？」

〈余震で事業所の壁にひびが入ったから、自宅作業。パソコンがあればできる仕事だしね〉

父は、中堅ソフトウェア会社に勤務している。

〈それより、結子ちゃんはそっちに残るつもりなの？　仕事をしたいの？〉

「うん。お父さんも反対するだろうけど——」

〈いや？　俺は反対しないよ？〉

予想外の答えだった。

「そうなの？」

〈むしろ、うれしいよ。泉田くんに振られて生ける屍《しかばね》みたいになっていた結子ちゃんが、そこまでやる気を出してくれて〉

二年前、結子は泉田と結婚することを前提に、高宝町役場に就職した。それなのに大学卒業直前に振られ、就職当初はやる気を完全に失っていたのだ。

なお、みっともなくて両親には報告していないが、去年の夏、泉田に振られたと思っていたのは結子の勘違いだったことが判明した。

〈高宝町で一年は働かないと勘当する、と脅した甲斐があったなあ〉

父のその声と重なるように母の声も聞こえてきたが、ドアが閉じられたと思《おぼ》しき音がすると聞こえなくなった。父が別の部屋に移ったのだろう。

〈仕事というのは、広報課の？〉

「うん。広報紙づくり」

〈それは、この非常時にやらないといけない仕事なのか？〉

「そうだよ」

即答すると、父も即座に〈なるほど〉と返してきた。

〈正直に言えば、その仕事がどれほど大切なのか、俺にはよくわからない。でも結子ちゃんががんばりたいなら、がんばればいい。打ち込めるものがあるのは、すばらしいことだから。でも、異動になったらわからないよな〉

「どういうこと？」

〈結子ちゃんは、四月から広報課三年目だろう。次は異動になってもおかしくない。そうしたら、広報紙づくりに夢中になっていた反動で、東京に帰ってきたくなるんじゃないかな〉

異動。そうなったときのことがちらりと頭をよぎったが、すぐに言った。

「そんな先のことなんてわからないよ」

〈そうだね。そのときになったら考えればいいよね。とにかく、いまはがんばれ。真由さんは、俺が説得しておく。なにか必要なものがあったら送るから、いつでも連絡してくれ〉

「ありがとう。でも東京だって、いろいろ買い占めが起こっているって聞いたよ。自分たちのことを優先して」

〈俺も真由さんも、結子ちゃんより優先することなんてないよ〉

「……ありがとう」

結子は先ほどよりも熱を帯びた声で言ってから、「それじゃ、また」と電話を切った。

先ほど撮影した写真をもう一度カメラのディスプレイに表示させ、決意を口にする。

「つくろう、いましかつくれない『こうほう日和』を」

二章

1

「四月号はお知らせだけにしたくないです。いつもどおりの『こうほう日和』にさせてください。『今月のこだわり』は、震災の被害状況を伝えるものにします。さっき取材した高宝小学校の卒業式のことも載せます」

町長室で結子は机に両手を突き、椅子に座る鬼庭に迫った。町議会の休憩時間中に申し訳ないとは思ったが、自分を抑えられなかった。

今日も青い作業服を着た鬼庭が、わずかではあるがたじろぐ。

「きゅ……急にどうしたんだ。もう三月二十二日だぞ。この大変な状況で、つくれるのか？」

「つくれるつくれないではない、つくるんです。小学校の卒業式を見て、その境地にたどり着きました」

「……よくわからんが、新藤が燃えていることはわかった」

鬼庭は息をついて続ける。

「とはいえ、君が私に直談判《じかだんぱん》するなんて珍しいな。なぜ、直接の上司である輝《てる》ちゃんに話さない？」

輝ちゃんというのは、伊達のことである。伊達輝政だから「輝ちゃん」。鬼庭は伊達と幼なじみなので、こういう呼び方をしているようだ。

「伊達さんにも話しましたよ。そうしたら、町長に直談判した方がいいとアドバイスされたんです」

『こうほう日和』の担当は結子で、内容も任されているが、最低限のもので構わないという鬼庭の言葉を覆すのだ。許可は取った方がいい。だから、まずは直属の上司である伊達に相談した。

広報紙大好き人間の伊達なら「いいですね。すぐにやりなさい」と即断で背中を押してくれるに違いないと思った。しかし伊達は、少し黙ってからこう言った。

――僕よりも町長に話をしてください。僕が許可を出してもいいのですが、前代未聞のことなので、後で新藤くんの責任問題になっては困りますから。

なるほどと思う一方で、なんだか伊達さんらしくないな、とも思った。

今日も黒縁眼鏡をかけておらず、見慣れた印象と異なっているからかもしれないが。

それ以上は伊達のことを考えたくなくて、結子は勢いをつけて言った。

「電気も水道も電話も復旧して、通常業務に戻るように言われている職員もいますよね。わたしだって通常業務に――広報紙づくりに戻っても問題ないはずです。もちろん、ほかにやらないといけないことがあるならやります。でも高宝町が受けた被害を取材できるのは、いましかありません。未来の町民のためにも、現在の状況を記録することは広報マンの使命なんです」

「使命とは、また大きく出たな」

鬼庭は、あきれているとも感心しているともつかない言い方をしてから結子を見上げる。

「確認だが、君が四月号で震災の特集をしたいと言ったら、輝ちゃんは私に直談判した方がいいと言ったんだな」

「そうですけど」

「そうか、輝ちゃんが……なるほど」

なにが「なるほど」なのかわからないが、鬼庭は机に両肘を突いて手を組んだ。

「わかった、君の熱意を買おう。四月号の『こうほう日和』は通常どおりのページ構成。『今月のこだわり』は、震災で高宝町が被った被害についてだ」

「ありがとうございます！」

「ただし、言うまでもないが取材は慎重にな。避難している人や、辛い思いをしている人の迷惑にならないようにするんだぞ」

「もちろんです。それから、もしよければ役場のロビーを使って――」

結子がやりたい企画を説明すると、鬼庭は笑みを浮かべた。

「おもしろいな。いいだろう、やりなさい」

「ありがとうございます！」

では、と踵を返しかけた結子に、鬼庭は言う。

「それと、もともと四月号に掲載する予定で取材していた人たちには、別の特集を組むことになったと伝えるんだぞ。なんの説明もしないのは失礼だからな」

「あ」

間の抜けた声を上げてしまった。桜を管理している人たちには先週のうちに会いにいき、四月号の『こうほう日和』はお知らせだけを掲載することになりそうだと説明してある。それなのに別の特集が掲載されているのを見たら、どう思われるか。

鬼庭が目を眇《すが》めた。

「その様子だと、伝えるという発想が抜けていたな。やる気を持って突っ走るのは結構だが、礼儀を疎かにするのは論外だぞ」

「しょ……承知しました！」

結子は慌てて頭を下げた。

広報課に戻った結子は、すぐさま桜の管理者に電話をかけて事情を説明した。

〈まったく構いません。桜は必ず蘇らせますから、そのときにぜひ取材してください〉

先方の朗らかな声を聞いた結子は、受話器を握りしめて返す。

「はい。絶対に取材させていただきます」

続いて結子は、印刷所に電話をかけた。やっぱり四月号はいつものページ構成にしたいことを伝えると、担当者は〈新藤さんならそう言うと思ってました〉と力強く答え、印刷機が一台壊れているので万全の体制ではないが、四月七日までにデータを送ってくれれば十五日の発行に間に合うよう印刷すると約束してくれた。

「ありがとうございます。その日までにデータを送ります。よろしくお願いします」

相手に見えないことは承知で、何度も頭を下げて電話を切った。それから、窓際の伊達の席に目を向ける。

震災特集の広報紙をつくるにあたってなにか言ってくるのではと思ったが、伊達の姿はなかった。先ほど結子が鬼庭との話を報告した後、印刷所と電話している間に席を離れたらしい。

向かいの席に座る茜に訊ねる。

「伊達さんがどこに行ったか知ってる?」

「知らない」

茜の答えは短く、素っ気なかった。結子と話をしたくないのかと思ったが、答えを返した後も、こちらをじっと見つめ続けている。

「なに？」

「別に。ただ、結子はやることがあってうらやましいな、と思って」

「うらやましいって……茜にだって、やることがあるでしょう」

結子が予想したとおり、茜は今週から、高宝町のホームページを通して情報を発信しつつ、メールや電話での問い合わせに対応している。

「あることはあるけど、虚しい」

結子に向けられた目の焦点が、ぼやけた。

「ご家族の安否確認の問い合わせなんかは、プライバシー保護の問題があるから簡単には答えられなくて大変だけど、やり甲斐がある。役場に就職してよかったと思える。でも中には、嫌がらせとしか思えない問い合わせもあるの。昨日は『原発から漏れた放射能で、高宝町では百人が死産になったって本当ですか？』なんてメールが届いた。震災から十日しか経ってないんだよ？　こんな短い間に、うちみたいな小さな町で子どもが百人も生まれるはずないじゃん。それに子どもがそんな風になるなら、産んだお母さんだって無事じゃ済まないでしよ。なんでそんなことを懇切丁寧に説明しなくちゃならないのかと思うと、ばかばかしくなる」

茜の話し方はゆっくりで、抑揚がなかった。それなのに、結子は口を挟めない。

「そういう問い合わせは、多くはないよ。でも、なくなることもない。なんだか震災の不安とか苛立ちとか動揺とか、そういうものの捌《は》け口にされている気がする」

捌け口にされる方はたまったもんじゃない、という独り言のような一言が、ため息交じりにつけ加えられた。

三月十一日以降、茜は、ただでさえ元気をなくしていた。いまの仕事は、それに追い打ちをかけるようなものなのかもしれない。

「それなら茜も、わたしを手伝ってくれる？」

茜は忙しいだろうと思って、遠慮していた提案だった。

「『こうほう日和』の一環で、やってみたい企画があるの」

「いいけど、私にできることなんてあるの？」

「茜にしかできないことだよ。最初の一枚が重要なんだから」

焦点が合っていない目をしたまま首を傾げる茜を促すため、結子は席を立つ。

「一緒に来て」

「勝手にこんなことしていいの？」

「勝手じゃないよ。町長の許可は取ってある」

結子は茜に返しながら、役場のロビーに移動式の掲示板を並べていった。

「それならいいけど……」

茜は戸惑いつつ、一緒に掲示板を動かしてくれる。正面玄関から入って左手の壁際に掲示板を三つ並べたところで、結子は、うんうん、と頷いた。

「これでいい。あとは企画名をプリントアウトして、茜にイラストを描いてもらうだけだ」

「私がイラストを描くの？　一体なにをするつもり？」

「『未来の高宝町』と題して、町民からメッセージやイラストを募って、ここに貼ろうと思っている」

茜が息を呑んだ。結子は掲示板を見ながら、説明を続ける。

「もちろん、みんな不安で落ち着かなくて、それどころではないと思う。でも中には、未来の――地震が収まって、復興した町のことを考えたい人もいるはず。そういう人たちの思いを集める場所をつくりたいの。それを見た人たちは、きっと元気が出るはず。もちろん、集まった作品は『こうほう日和』にも掲載させてもらう」

言葉を切った結子は、茜に顔を向けた。ぼやけていた茜の目の焦点は、いまやしっかり合っている。

「茜にはここの管理をしながら、『未来の高宝町』をテーマにしたイラストを描いてほしい。上手な作品があった方が刺激になって、たくさん集まると思うから。でもあまりに上手すぎたら萎縮して誰もなにも出せなくなるから、ほどほどでお願いね」

茜は絵が得意で、『こうほう日和』でイラストの連載をしてもらっている。以前は、ゲームのイラストを担当したこともあるほどだ。

「……ほどほどにするなんて無理だよ。私はそんなに器用じゃない。でも」

茜の声に力がこもる。

「その分、いろんな人に宣伝する。たくさん作品が集まるようにする」

次の日、三月二十三日。結子は朝から、町の風景を撮影して回っていた。ガソリンはできるだけ節約したいので、移動に使っているのは自転車である。それだと行ける範囲がかぎられてしまうが、道路が寸断され、まだ車では行けない場所も少なくないので――うれしくはないし、妙な言い方だが――ちょうどいいとも言えた。

九日前、茜と一緒に介護施設まで行った道を改めて自転車で走る。ぺしゃんこになった建物の数は、明らかに増えていた。あの日よりさらに傾いた建物も、いくつもある。度重なる余震のせいだろう。

もっと大きな余震が来たら、さらに増えるに違いない。

シャッターを切る度に、指が重たくなっていく。

役場から離れた地域にも行ってみた。住宅や商店は古いものが多く、完全につぶれたものばかりだった。中には、焼け焦げた家もある。延焼しなかったのは、隣家と距離があるからだろう。

――家がつぶれたり、焼けたりしたのは、住んでいる人が避難した後。

そう思い込まないと、シャッターを切ることができなかった。

午前中のうちに自転車で行ける範囲を見て回った結子は、持参したおにぎりで軽く昼食を済ませてから高宝小学校に向かった。体育館に避難している人たちに話を聞くためである。

鬼庭に言われるまでもなく、避難している人たちの迷惑にはなりたくない。広報課の腕章をはずし、話を聞かせてくれそうな人がいたらお願いしようと思って体育館に入る。

体育館には青いビニールシートが敷かれ、その上に布団がいくつも並べられていた。布団に横たわっている人、本を読んでいる人、耳にイヤホンを入れてラジオを聴いている人、隅に集まって話し込んでいる人……その多くが高齢者だった。思ったほど人数が多くなく、布団と布団の間にスペースがあるのは、町の人口が少ないからだろう。

「広報の姉ちゃんじゃないか！」

隅に集まっていた人たちが、結子を見た途端、わらわらと集まってきた。三人いて、全員、男性だ。結子は知らない顔だったが、三人は口々に言った。

「昨日、卒業式を取材してたな」

「あれはなかなか感動的だった」

「俺らも取材してくれるのかな」

こういう反応をしてくれるなら話は早い。

「よろしければ、お話を聞かせていただけますか。地震があったときのことや、避難生活で困っていること、これからのこと。なんでもいいから聞かせてほしいんです」

結子が言うと、三人は「俺も広報紙デビューか」「寒くてかなわんから布団をもっと頼む」「仮設住宅をつくってくれ」などと競うように、ばらばらのことを話し出した。

「待ってください。ここだとほかの人たちに迷惑ですし、録音もさせてほしいですから」

慌てて言った結子は、三人と体育館の隅に移動してボイスレコーダーのスイッチを入れ、改めて話を聞いた。途中から、ほかの人も話に加わった。高宝町の高齢者は、訛《なま》りが強い人が多い。この人たちもご多分に漏れずそうだったが、聞き取れなかったところを「もう一度お願いします」と頼んでも嫌な顔一つされなかった。

卒業式がなかったら、こうはいかなかったかもしれない。心の中で京一郎に感謝して、高宝小学校を後にした。話があっちこっちに飛んだのでまとめるのに苦労しそうだが、いい記事を書けそうだ。

しかし次に訪れた、同じく避難所として使われている高宝中学校の体育館では。

「失礼しま――」

足を踏み入れた途端、入口付近の布団に腰を下ろした高齢女性に無言で睨まれ、結子の言葉は途切れた。どうやらこの女性は、結子のことを知っていて、こんな目を向けているらしい。それは、この女性だけではない。体育館の方々から似たような視線を感じた。この視線の正体を、結子は知っている。

――よそ者が来た。

そう思われていることが、ひしひしと伝わってきた。被害妄想ではない。去年の年末、半年以上も取材していた人から同じ視線を向けられたので、よくわかる。

取材させてほしいと言ったら、茜と一緒に訪問した介護施設のスタッフと同じ反応をされるに違いない。

――仕方がないか。

「役場の人だよね。なに？」

入口付近の高齢女性が、突《つ》っ慳貪《けんどん》な口調で訊ねてきた。

「避難所でなにか必要なものがないか確認して、町長に報告するために来ました」

取材できそうにない場合に用意していた口実を出すと、後ろから「え、それだけのために来たの？」という張りのある声が聞こえてきた。振り返ると、初老の女性が立っていた。声からは意外なほど年配……いや、それ以前に、どこかで会ったことがあるような……。

結子と目が合うと、女性はにっこり笑った。

「お久しぶり、新藤さん。糸島美里《いとしまみさと》です。去年、『こうほう日和』に取材してもらいました」

「あ……お久しぶりです」

慌てて頭を下げる。料理教室を開く準備をしているところを、取材させてもらった女性だ。

「『こうほう日和』、毎月楽しみに読んでますよ」

「そう言っていただけて、うれしいです」

「いいよね、『こうほう日和』。仕方がないとはいえ、今月号は配達が遅くなっちゃって残念。でも、来月号もつくっているんでしょう？　そのために、ここに来たんじゃないの？」

「そうなんですけど、でも……」

「やっぱりそうなんだ——みなさーん、新藤さんが取材したいんだって！」

美里が避難している人たちに呼びかけた。結子は泡を食う。

「ま……待ってください！」

「でも取材するために来てくれたんでしょう。なら、早く話を聞いてあげてよ」

美里は笑みを浮かべたまま言った。

――本当に糸島さん？

去年、取材したときのことを思い出す。美里を撮影した結子が「被写体がいいんですよ」と言うと、恥ずかしそうにしていたのに。あのときとは、まるで別人だ。

結子の考えを察したように、美里は笑った。

「お料理教室を開いてから、なんだか元気になっちゃってね。『こうほう日和』のおかげで、生徒さんがたくさん来てくれたから」

息を呑み、美里を見つめてしまう。

「正直、新藤さんをよそ者扱いして、よく思ってない人もいることはいる。でも、私と同じように『こうほう日和』に助けてもらった人も、読むのを楽しみにしている人も、いまのこの状況を誰かに聞いてほしい人もいるのよ」

美里の言葉を裏づけるように、右足を引きずっている中年女性と、まだ若い男性、赤ん坊を抱いた女性が立ち上がった。

美里が得意気に胸を張る。

「ほらね。まあ、人望が厚い私が声をかけたからこそ、来てくれるんだろうけど」

「人望が厚いんですか」

戸惑いながら間の抜けた質問をすると、美里は「ごめん、そうでもない」と笑いながら首を横に振った。

「ただ、避難している人たちの要望をいろいろ聞いているし、食料の準備が整ったら炊き出しをやると宣言しているから、悪い印象は持たれてないと思う」

そんなことまでしているのか。自分だって被災して、大変だろうに。

「というわけで、いまは『こうほう日和』が好きな私たちの期待に応えて。それくらいの娯楽はほしい」

「……わかりました。ありがとうございます」

よそ者が、という声が聞こえてきそうな視線は消えていない。それでも結子は美里と、こちらに近づいてくる人たちを見て頷いた。

2

「間に合ったー！」

結子は身体を椅子の背に目一杯預け、大きく伸びをした。高宝小学校の卒業式や被災者の声、屋代たち自主防災会から聞いた話などを掲載した『こうほう日和』四月号のデータを印刷所に送信したところである。『今月のこだわり』のタイトルは「『想定外』を生きる」。時間がなく、余震が続いて落ち着かない中で全力を尽くせたと思う。

猫を撫でる年配の男女の写真は、表紙に使わせてもらった。

「間に合ったと言えるの、これは？」

向かいの席から茜が、冷静な口調で訊ねてくる。結子は、力一杯頷いた。

「言えるでしょ。印刷所が設定した四月号の締め切りは四月七日。いまはまだ四月七日。なんの問題もない」

「日付が変わるまで、あと四十分だけどね。印刷所の人は、絶対家に帰ってるけどね」

「四月七日であることに変わりはないでしょ。わたしは締め切りに間に合った！」

言い張ったものの、実は印刷所の担当者に泣きついて「四月八日の朝から作業できればいいです」という一言を引き出したのだ。印刷所としては、本当は七日の昼すぎにはデータがほしかったに違いない。それに関しては、心底申し訳なく思っている。

「印刷所が気の毒だ」

茜はわざとらしいため息をついた後、一転して楽しげな笑みを浮かべた。

「まあ、必死に『こうほう日和』をつくるのは、結子らしいと言えばらしいよね。そんながんばっている姿を大好きな伊達さんに見てもらえなくて、残念なんじゃない？」

この二週間近く、伊達はほとんど役場にいなかった。鬼庭の広報官以外にも、さまざまな仕事を任されているらしい。

「僕は時間を取れないので、今月号の原稿チェックはしません。町長にだけ見てもらってください」と言われたときは、誰かが伊達の声色を真似て話しているのではないかと思って、辺りを見回してしまった。伊達に「なにをきょろきょろしているのですか」と訊ねられても、現実に判断力が追いつかなかった。

『こうほう日和』の担当になってから二年。伊達のチェックが入らないのは――鬼庭が主導してつくると言い張ったときを除けば――今回が初めてだった。

去年、伊達が役場にいないときなにをしていたのか、おおよそのことは把握していた結子だが、いまは全然わからない。ほとんど話もしていないので、伊達の方も結子がなにをしているか把握していないはずだ。当然、茜の言うとおり、結子が仕事している姿も見てもらっていない。しかし、

「何度も言ってるけど、わたしの伊達さんへの気持ちは、そんなんじゃないってば」

結子が否定しても、茜は意に介さない。

「結子が鈍くて、自分の気持ちに気づいてないだけだって。伊達さんとまともに顔を合わせない日が続いて、さみしいでしょ？」

「さみしいよ。もっとたくさん話したいし、どこでなにをしているのか気になることもある。でもそれは、原稿チェックをしてもらえなかったから。いつもは『わたしを苦しめたところで伊達さんが幸せになれるわけではありませんよ』と教えてあげたいくらい細かく指摘を入れてきて嫌になるんだけど、なければないで物足りないんだよね」

あはは、と笑うと、茜がかわいそうな生き物を見るような目つきになった。茜に「結子は伊達さんのことが好き」と決めつけられるのも、この目で見られるのも久しぶりだ。結子に言わせれば的はずれなことこの上ないが、茜がこういう話をできるようになったのはいいことだと思う。

震災直後に較べて、口数も笑顔も目に見えて増えた。

高宝町全体が、わずかではあるが落ち着きを取り戻してきたように思う。

相変わらず避難している人はいるし、被災した道路や建物をどうするかも決まっていない。犠牲者の遺族はかなしみに暮れてもいる。

それでも町民は、少しずつ日常生活を取り戻しつつあった。営業を再開した店舗も増えていて、結子は通っていたのとは別の美容院に予約を入れた。

聖地で土砂災害に巻き込まれた人は確認できなかった、孤立していた地区への道路が復旧した、などといったいい知らせも続いている。

「未来の高宝町」の掲示板にも、メッセージやイラスト、果ては合成写真まで、順調に作品が集まっていた。子どもが段ボールでつくった「町」や、折り紙でつくった家と花を組み合わせたものなど、立体物まで寄せられるようになった。茜自身も刺激を受けて、最初の一枚に続く新しいイラストを描くべく、こんな時間まで仕事しているのだ。

茜と二人きりで夜遅くまで職場に残ったことなんてないので、新鮮だった。

茜は、結子にかわいそうな生き物を見るような目を向けたまま、ぽつりと呟く。

「伊達さんは結子のことを、どう思ってるんだろう」

「手のかかる部下としか思ってないでしょ」

「なにかこう、恋愛っぽい話をしたことはないの？」

「ないね。強いて言えば、『こうほう日和』で町民に町を愛してもらいたいのは町民を愛しているからで、その愛している町民には『新藤くんも含まれます』って伊達さんに言われたことくらいかな」

「強いてでそれ？　全然恋愛じゃない！」

茜は不満そうに顔をしかめたものの、すぐにまた楽しげな笑みを浮かべる。

「だったら、いっそ結子から迫るのはどう？　伊達さんは独身なんだから、なんの問題もない」

「――伊達さんって、独身なの？」

素知らぬ顔で、さぐりを入れた。茜は頷く。

「独身でしょ。奥さんの話なんて聞いたことないもん。結婚してたこともないんじゃないかな」

「そうなんだ」

どうやら茜は、伊達が広報紙づくりに夢中になりすぎて妻に逃げられたという話を知らないらしい。

結子だって、去年、ほかの自治体の広報マンから聞いただけなので、本当かどうかはわからない。わざわざ茜に教える必要もないだろう。

なお、結子が伊達本人に結婚していたかどうか確かめないでいるのは、「そんなことを知りたいなんて、意外と余裕があるんですねえ」などと言われて仕事を増やされてはたまらないからであって、それ以上の意味はまったくもってこれっぽっちもない――はずだ。

「伊達さんが独身かどうか、気になるの？」

「別に。わたしには関係ないことだし」

結子はパソコンをスリープにして続ける。

「わたしはそろそろ帰るけど、茜はどうする？」

「もう少しで終わるけど、結子が帰るなら残りは家で――」

茜の言葉を遮り、どこかから心臓を鷲づかみにするような警報音が流れてきた。ほとんど同時に、携帯電話からも同じ音が鳴り響く。この一ヵ月あまりの間にすっかり聞き慣れてしまった、この音は。

――緊急地震速報！

茜と二人で、自分の机の下に急いで潜り込む。数秒の後、床が大きく揺れた。三月十一日以降、数え切れないほど何度も余震に見舞われたが、この揺れは群を抜いて大きい。

――油断していた……。

机からばたばた落ちてくる本やファイルを見ながら、結子は歯噛みした。

余震が収まったと決めつけていたわけではない。しかし頻度が少なく、規模は小さくなっていたので、ピークはすぎたと無意識のうちに思い込んでいたのだ。いつも残業するときは念のためラジオをつけて震災関連の情報を流しているが、今夜は仕事に集中したくて消していた。最初にどこかから聞こえてきた緊急地震速報は、別の課にあるテレビかラジオから流れてきたものだろう。

四月号の取材中、もっと大きな余震が来たら完全に崩れそうだと思った建物は、きっと、もう……。

揺れは収まらない。ここまで大きいと余震ではない、新たな本震なのではないか？　思わず目を閉じたが、それでも部屋の中が暗くなったことがわかった。目を開く。明かりが完全に消えている。また停電だ。

震災直後に、逆戻りしてしまった。

——でも、負けるもんか。

目を開き、闇を睨みつけているうちに揺れが少しずつ小さくなり、完全に収まった……いや、まだ揺れている？　それとも気のせい？　判断がつかないまま、真っ暗闇の中おそるおそる這い出て、机をつかみながら立ち上がった。

「茜、大丈夫？」

「私は大丈夫」

茜の声と衣ずれの音が聞こえてきた。胸を撫で下ろしていると、ぼんやりした明かりが灯った。茜が携帯電話のディスプレイを点灯させたのだ。結子は慌てて言う。

「また停電したみたいだから、電池が切れないようにケータイは大事に使った方がいいよ」

「そうだね」

茜は結子の方を見ないで答えると、引き出しから懐中電灯を取り出した。そちらを点灯させ、駆け足で広報課から出ていく。

「どこに行くの？」

「『未来の高宝町』の掲示板を見てくる！」

「まだ揺れるかもしれないから危ないよ！」

呼びかけたが、茜はとまらない。やむなく、後を追った。結子は女性にしては背が高く、脚が長いので、あっという間に茜に追いつく。とめようと思えば、茜をとめられる。しかし結子は、茜と並んで一階のロビーまで駆けた。

果たして、掲示板は。

「こわれちゃってるね」

懐中電灯で照らしながら、茜は呟いた。

三つの掲示板はすべて倒れ、一つは真ん中から上下に真っ二つになっていた。掲示板と床との合間から、折れ曲がった紙の端が見える。展示されていた絵だろう。数は、一枚や二枚ではない。

掲示板の前に設置した、立体物を展示する長机も倒れていた。段ボールでつくられた

「町」も、折り紙の組み合わせもつぶれて、もとの形がわからない。

茜は倒れた掲示板を懐中電灯で照らしたまま、ぴくりとも動かない。

結子はなんと声をかけたらいいのかわからず、ただその場に立ち尽くしていた。


それから五分もしないうちに、鬼庭がロビーに下りてきた。今夜も町長室に泊まっていたのだ。その後すぐ、災害対策本部付になっている職員たちも出勤してくる。大きな余震があった場合にはそうする取り決めになっている。

結子もなにかできないかと思ったが、鬼庭に「ひとまず我々だけでいい。明日以降手伝ってもらうことがあるかもしれないから帰って休みなさい」と言われたので、「わかりました」と返した。

一方で茜は、最初から最後までずっと無言だった。

明かりが懐中電灯しかないのではっきりとは見えないが、顔つきが震災直後に戻ってしまったのかもしれない。

次の日、四月八日。結子は落ち着かなくて、定刻の八時半より三十分以上早く出勤した。

停電はいまも続いているため、先月ほどではないが厚着をしている。情報源はラジオだけ。

それによると昨夜の地震の震源は宮城県沖で、マグニチュードは七・二。信じられないことに、あれだけの地震だったにもかかわらず本震ではなく三月十一日の余震で、しばらくは同規模の揺れに注意が必要だという。

掲示板を再び設置して地震対策をしたところで、また倒れる可能性があるということだ。昨夜の様子だと、この先も茜に掲示板の管理をお願いするのは心苦しい。新しい作品を描いてもらうことも難しいだろう。管理だけなら結子がやればいいのだが、茜のように美麗なイラストを描くことはできない。

——余震で一度だめになってしまっただけに、町民が盛り上がるような、立派な作品がほしいのだけれど……。

悶々としながら通用口を通って守衛に一礼し、庁舎に入る。いつもどおり二階にある広報課に向かおうとしたが、ロビーで自然と足がとまった。

倒れた掲示板の前に、茜が立っている。

斜め後ろからしばらく見つめていたが、茜はコートのポケットに両手を突っ込んだまま、ぴくりとも動かなかった。髪はいつもと違ってポニーテールにしておらず、薄い肩に落ちている。

「おはよう」

結子が傍に近づき声をかけると、茜は掲示板を見下ろしたまま答えた。

「おはよう」

それきり、会話が途絶える。茜を残して広報課に行くか、なんでもいいから話しかけるか。迷っていると、茜の方から切り出してきた。

「昨日、家に帰ってから、ほとんど寝ないで考えたの」

茜の横顔を、そっとうかがう。普段からメイクが薄いだけに、顔色の悪さと、目の下にできたクマが目立っていた。

「大きな余震は、きっとこの先何年も続く。掲示板だけじゃない、なにかつくったところで地震でこわされてしまうことは絶対にある。その度に、費やした時間と労力が無駄になったと落ち込むことになるんだと思う」

「……そうだね」

結子には、相槌を打つことしかできなかった。もう茜に、なにかお願いするのは酷だ。掲示板の企画に巻き込んでしまって申し訳なかったとも思う。これから掲示板は結子が管理することにして、イラストを描ける人をさがそう。いまこの場では、茜の言葉を受けとめてあげないと。

茜は、淡々と言葉を紡ぐ。

「でもこわれたって、また新しくつくればいいんだと思う」

また新しくつくればって……え？

戸惑う結子を置き去りに、茜は続ける。

「そうだよ、またつくればいいんだよ。何度でも。一緒にがんばってくれる人がいるんだから。寝ないで考えて、そういう結論を出したの」

茜の視線が、掲示板から自分が踏みしめる床へと移った。

いや、視線が移った先は、床ではなく大地か。

「負けるもんか」

淡々とした物言いから一転、迸《ほとばし》るように口にされたのは、昨夜、結子が闇を睨みながら抱いたのと同じ言葉だった。

「……茜の言うとおりだね」

結子は頷くと、茜と同じように大地を見下ろして言った。

「負けるもんか」

それから、大地を見下ろしたままの茜に小さく頭を下げた。

「ごめんね、茜。あなたの口から、そんな前向きな言葉が出るとは思ってなかった。きっと落ち込んでいるに決まっているから、慰めてあげなきゃいけないと思っていた」

「なによ、それ？　私のことを見くびりすぎなんじゃない？」

「だから謝ってるでしょ」

「まあ、許してあげるよ。一緒に『負けるもんか』って言ってくれたしね」

「何度でも一緒に言うよ。わたしだって、負けたくないもん」

「ありがとう。じゃあ、もう一度――負けるもんか」

茜が大地に向かって、先ほどよりも強い声で言い放つ。結子も声に力を込めて言った。

「負けるもんか」

「負けるもんか」

茜が三度《みたび》口にしたので、結子も続く。

「負けるもんか」

「なにをやってるのかわからないけど、青春っぽいね」

「うおっ!?」「ぎゃっ!?」

茜と二人して、うら若き乙女とは思えない声を上げてしまった。同時に振り返ると、いつの間にか背後に女性が立っていた。

先月、高宝中学校の体育館に行ったとき、取材に協力してくれた糸島美里だ。

「おはよう、新藤さん。この前は避難所に来てくれてありがとうね」

美里は、頬に手を当てて息をつく。

「朝っぱらから、そっちの人……同僚さんかな？　二人して床をじっと見つめて『負けるもんか』と連呼するなんて。よくわからないけど、なんかいいわ」

やったことに後悔はないが、第三者の目線で客観的に言われると、顔がみるみる熱くなっていった。茜も顔を赤くしながら、視線をさまよわせている。

「い……糸島さんは、朝からどうしてこちらに？」

結子は動揺を隠して訊ねた。非常事態なので役場は二十四時間開いてはいるものの、なんの用事で来たのか気になる。

「炊き出しのボランティアが必要か、大至急、町長に確認させてもらおうと思って来たの。明後日、何人かで海野市に炊き出しに行く予定なのよ。でも食料を高宝町に回した方がいいんだったら、先方に事情を説明して変更してもらわないといけない。決めるなら早い方がいいと思って来た。電話はとまってるけど、町長は、役場に泊まり込んでいると聞いたから」

この前、美里は、食料の準備が整ったら炊き出しをやると言っていた。高宝町内だけでなく、町外でもやるつもりだったのか。

それも、海野市で。

茜が、心配そうな顔をして美里に言う。

「ご自身だって被災したのに、大丈夫なんですか」

「完全に大丈夫ではないけど、この町には動ける人が何人かいるから。海野市から避難する人を受け入れている家もあるのよ。こういうときだからこそ、できることがある人はできることをしないとね――なんて偉そうなことを言っておいてなんだけど、若いころはそんなこと考えもしなかった。不思議なものよね。そういう人は私だけじゃない、周りに何人もいるの」

美里とその周囲にいる人たちは年齢を重ねることで、自分が大変なときでも他人のために尽くそうと思うようになったのだろうか？　そういうことを考えもしなかった人が年齢だけで変わるのかな、とも思うが……。

結子が抱いた疑問に気づく様子もなく、美里は言う。

「海野市は電気すら、まだ完全には復旧していないみたいだしね」

「そうみたいですね」

先日やっと電話がつながった海野市の広報マン、福智楓の話を思い出しながら、結子は頷いた。

――私は無事。でもまだ停電は続いているし、いろいろ大変。

電話の向こうから聞こえてきた楓の声には、笑いが交じっていた。それなのに、少しも楽しそうに聞こえない。とてもではないが、安易に様子を見にいくことはできないと思った。

でも、炊き出しに行く人がいるのなら。

3

「糸島美里さんの炊き出しに同行して、海野市の被災状況を取材したいです」

町長室で結子は、鬼庭に言った。二週間あまり前にも似たようなことがあったが、鬼庭は昨夜の余震の対応で疲れているに違いないから、今回は机に手は突かず、声も小さめにしている。午後になり、停電が明日には復旧するという連絡が電力会社から来て、鬼庭の周辺が落ち着くまで待ちもした。

椅子に座った鬼庭は、結子をぎょろりと見上げた。昨夜から働きどおしのはずなのに、茜と違って目の下にクマが全然ない。

「それはつまり、五月号の『こうほう日和』でも震災を取り上げたいということだな。輝ちゃんは、なんと言っていた？」

「忙しそうなので、なにも言ってません。今回はわたしの判断で、直接、町長に相談に来たんです」

今日も伊達は、朝、広報課に顔を見せただけで、すぐに出かけていった。土木整備課の課長、山之内も一緒だ。なんで山之内さんと、と不思議に思ったが、伊達は学生時代、土木工学の勉強をしていたらしいから、被害状況を確認する手伝いをしているのかもしれない。昨夜の余震がどれだけの被害をもたらしたか確認するためには、専門知識を持った伊達の力が必要なのだろう。

ちなみに今日も、黒縁眼鏡をかけていなかった。かけているところは、もう何週間も見ていない。

「なるほどな」

呟いた後、鬼庭の目つきが鋭くなった。

「そういう取材をしたい気持ちはわかる。しかし、自治体広報紙でやることか？『こうほう日和』は、あくまで高宝町民のものだ。海野市は大変なことになっているようだが、身も蓋もない言い方をすれば町の外のことだ。それについては、どう考えている？」

「自治体の境界線は地図上にはあるけど、陸上にはありません。だからよその自治体のことでも、高宝町と関係ないなんてことはない。海野市の被災状況は、高宝町民にとっても貴重な資料になるはずです」

「ほほう」

鬼庭がにやりと笑った。

「ここで輝ちゃんの名言を持ってくるとはな」

「え？」

結子が怪訝の声を上げると、鬼庭は軽く眉根を寄せた。

「『自治体の境界線は地図上にはあるが、陸上にはない』。これは輝ちゃんが言った名言だぞ。知らないで使ったのか？」

「知りませんでした。わたしは、友だちに教えてもらいましたから」

教えてくれたのは、Z県遠宮《とおみや》市の広報マン、島田由衣香《しまだゆいか》だ。由衣香は、先輩の受け売りだと言っていた。その先輩は、伊達本人か、伊達の弟子から教えてもらったのだろう。

そうやって先人の教えが、脈々と受け継がれているんだ——。

「いい言葉だよな。もちろん、私だってその気になれば広報マン時代、名言の一つや二つ残せたんだぞ。ただ、まあ、その……うん、あれだよ」

「どれですか」

「細かいことにこだわるな」

絶対に細かくないと思うが、鬼庭はぴしゃりと言った。

「話を戻すと、いいだろう。新藤がそこまで言うなら、五月号でも震災を取り上げることを許可し——」

「ありがとうございます。もちろん、高宝町民に向けた『今月のこだわり』も掲載します。先ほど町長がおっしゃったとおり、『こうほう日和』はあくまで町民のものですからね」

結子は勢い込んで言った。

「震災のことは、二つ目の『今月のこだわり』――第二特集という形で掲載します。海野市の状況も載せますけど、メインに据えるのは炊き出しをする糸島さんたちです。自分たちだって大変なときにボランティアに行くなんて、高宝町の誇りですからね。ぜひたくさんの町民に知ってほしい……どうしたんですか？」

鬼庭が口を半開きにしてこちらを見上げているので、不安になって言葉がとまった。

「なにか変なことを言いましたか、わたし？」

「……君が言ったのは、変なことではない。私が言おうとしたことだ」

鬼庭は結子を見上げたまま呟くように言った後、らしくない、やわらかな笑みを浮かべた。

「半月前は、四月号で特集する予定だった人への連絡すら忘れかけていたのに。すごい速度で成長するんだな、新藤は。君に『こうほう日和』の担当になってもらってよかったよ」

鬼庭が口にした言葉の意味がすぐには理解できず、なにも言えなくなってしまう。

「高宝町には、全国から支援物資がたくさん送られてきている。この規模の自治体としては異例の量だ。『ラブクエ』やこうほう饅頭《まんじゅう》のおかげで知名度が上がったからだろう。どれも新藤が『こうほう日和』で取り上げてくれたおかげだ。本当にありがとう」

鬼庭は深々と頭を下げてきた。

——町長から、こんなことを……。

「こちらこそ、『こうほう日和』の担当にしてくださってありがとうございます」

結子は頭を下げ返す。


二日後。四月十日。

「新藤さんがやろうとしている仕事は、大変貴重です」

運転席の片倉は、強い声で言った。顎ががっしりしていて、肩幅も広いのでやけに迫力があって、結子は少したじろいでしまう。

「あ……ありがとうございます……？」

やろうとしている仕事は高宝町民のための広報紙づくりなので、新聞記者にそこまでほめられる覚えはない。しかもいままで日京新聞社内の取材体制について話をしていたのに、唐突にほめられたのだ。そのせいで、お礼を言っているのに疑問を呈しているような言い方になってしまう。

片倉は、いつもと変わらない仏頂面《ぶっちょうづら》で応じる。

「決して大袈裟に言っているわけではありません。我々マスコミは、どうしても最も被害が大きかった——言葉を選ばずに言えば、世間の関心を引く地域を中心に取り上げてしまう。それはそれで大切ですし、必要なことです。ただ、その周辺の地域のことは記録に残しづらい。ですから、住民に密着する広報紙が震災特集を組んでくれることはありがたい」

そういうことか。

「わたしだってありがたいですよ。片倉さんのおかげで、最短ルートで海野市に行けるんですから」

高宝町から海野市までは、通常なら車で四十分ほどで到着する。しかしいまは道路の方々が通行止めになっていて、かなり遠回りしなければたどり着けなくなっていた。

美里は高宝町役場の道路交通課に問い合わせ、通行できる道を調べて海野市に行くつもりでいた。しかし結子から事情を聞いた片倉が「私は海野市までの最短ルートを知っています」と、道案内を買って出てくれたのだ。

結子に、海野市の市街地だった場所の案内もしてくれるという。

かくして片倉は、美里たちボランティアが乗った車を先導し、海野市に向かってくれているのだった。

「お礼を言われることではありません。新藤さんとは仕事仲間として、情報交換したいですから。海野市で新聞記事にできそうな情報を見つけたら、ぜひ教えてください。ただ……覚悟は、しておいた方がいい」

最後の一言は、少し言い淀んで告げられた。

「はい」

答えた結子は、サイドウィンドウに顔を向ける。

いま走っているのは、曲がりくねった山道だった。片倉によると、安全が確認された道である。それでも、ガードレールが反っていたり、アスファルトにひびが走ったりしている箇所が散見された。震災前からこうだったところもあるだろう。しかし中には、最近できたばかりに見える損傷もあった。それらを目にする度に、目を背けそうになる。

先ほど前を通った、通行止めの立て札の向こうに見えた光景が頭から離れなくもあった。はるか先まで続く、波打ち、断絶したアスファルト。

あんな道路が、いくつもあるに違いない。

結子が黙り込んでしまったからだろう、片倉が慌てて言った。

「すみません、脅すような言い方をしてしまって」

「大丈夫です、これくらい。伊達さんにさんざん毒を吐かれて、心が強くなってますから」

結子が顔を向けて笑ってみせると、片倉は「伊達さんか」と呟いてから言った。

「あの人は、去年に続いて忙しそうですね。この前、町中でお見かけしたのですが、少し雰囲気が変わったように見えましたよ。眼鏡をかけていなかったから、そう感じただけかもしれませんが」

「役場の外でもかけてないのか」

「え？」

「すみません、独り言です」

片倉には関係のないことなので、急いで言った。

伊達は動きやすいからという理由で眼鏡をはずし、聖地に行ったのだ。その後もあちらこちらを飛び回っているようだから、伊達眼鏡なんてかけている余裕はないのだろう。非常時なのだから当然の判断だ。

でも――わがままで勝手で子どもっぽくはあるけれど――ほんの少しだけ「ちぇっ」と思ってしまっていた。

伊達があの眼鏡をかけるようになったのは、広報マン時代に取材相手から「目つきがこわい」と言われたことがきっかけ。その話といまの伊達が、切り離されているように思えるからか……。

会話がない時間がしばらく続いてから、片倉は言った。

「海野市が見えてきましたね」

その一言を受け、結子は再び窓外に目を向けた。車は、山道を下り始めている。視界の下方には、春の陽射しを浴びた海が広がっていた。波の少ない海面は深い青色で、宝石の輝きを思わせる。

美しかった——その手前にある陸地とは、別世界のように。

4

立ち入り禁止の三角コーンが、点々と立てられている。その向こう側の光景を見て結子の頭に浮かんだ単語は「広大」と「混沌」だった。

ほんの一ヵ月前まで街だったはずの場所には、瓦礫の山が広がっていた。どこに建物や道があったのか、もとの姿がまるで想像できない。

瓦礫の写真も映像も、震災のニュースで何度も見てきた。ひどいことになっていると理解しているつもりだった。

しかし写真も映像も、伝えてくれるのは全体の一部にすぎない。

こんなにも広く——どこまで行っても終わらないほど、見渡すかぎり瓦礫ばかりだなんて。

少し考えればわかることなのに、わかっていなかった。

瓦礫の山は、高いところもあれば、低いところもあった。

木片、家、鉄骨、船、板、車、屋根瓦、自転車、トタン、椅子、ガラス、看板、コンクリート片、布団、ビニール、箪笥……含まれているものも、場所によっててんでばらばらだ。泥だらけになっているところも、焼け焦げているところもある。なんの統一性もなく、ただぐちゃぐちゃで、ごみごみしている。

自分がドラマや映画で観た瓦礫の山は、映像映えするようにつくり込まれたものであることを知った。

においも、ごちゃごちゃしている。海が近いので、潮の香りはする。それに生臭さや腐臭が混じって一緒くたになり、一言では表現できない、これまで嗅いだことのないにおいが漂っていた。

——どうするんだろう、これ。

すべて撤去して新しい建物をつくれるようになるまでにどれだけの時間と費用と人員が必要なのか、見当もつかない。

全部、津波のせいだ。

——海野団子《だんご》？　そんな和菓子があるのか。へえ、海岸沿いは和菓子街になってるんだ。

去年、この街の広報紙『広報うみの』を読んだとき、無邪気にそんなことを思った記憶が蘇る。

この辺りに住んでいた人、店を営んでいた人は、どれだけ避難することができたのだろう？　そう思うのとほとんど同時に、気づいた。

瓦礫の下に、遺体が埋まったままになっている可能性に。

いや、可能性もなにもない。ほぼ確実だろう。もしかしたら、立ち入り禁止の三角コーンのすぐ向こうにある、白い屋根と柱と板でできた、あの瓦礫の下にも。

三月十一日からずっと、見つかることなく……。

「――藤《どう》さん。新藤さん！」

片倉の呼びかけで、結子は我に返った。

「顔色が悪いですよ。少し休みますか？」

「大丈夫です」

覚悟なら、片倉に言われるまでもなく固めていたのだ。結子は、首からぶら下げたカメラを強く握って持ち上げた。

「撮影します。わたしは町長から担当にしてよかったと言われた、『負けるもんか』な広報マンですから」

片倉は目をしばたたいたものの、すぐに笑みを浮かべる。

珍しく、誰が見ても一目で笑顔だとわかる表情だった。

「よくわかりませんが、新藤さんが大丈夫であることはわかりました。では、どこになにがあったのか、取材して判明した範囲で説明しましょう」

片倉がコートの胸ポケットからメモ帳を取り出す。

それから結子は片倉にガイドしてもらいながら、瓦礫の写真を何枚も撮った。大きな余震が来たら高台に避難しなくてはならないので、車からあまり離れることはできない。

それでも海野市が失ったものが、シャッターを切る度に自分の中に染み込んできた。

「すみません、案内すると言っておきながら」

サイドウィンドウを下ろした運転席から、片倉は申し訳なさそうに言った。

「気にしないでください、お仕事なんですから。こちらはこちらで、炊き出しをしている糸島さんたちを取材したいですし」

先ほど、結子が瓦礫を撮影している最中《さなか》、片倉の携帯電話に上司から連絡が入り、急遽、海野市の隣にある自治体に取材に行くよう指示されたのだ。

「そう言っていただけると……では、後ほど」

「はい。がんばってきてください」

片倉には取材が終わった後で、迎えにきてもらう予定だ。

片倉の車が見えなくなるまでその場で見送ってから、結子は後ろを振り返った。

海野東《うみのひがし》小学校。

コンクリートの方々が黒ずんでいる、三階建ての校舎だ。

高台にあるこの建物は、現在、市民の避難所になっている。市街地だった場所からここまで、片倉に車で送ってもらった。その道中は静かで、人とも車ともあまりすれ違わなかった。しかし三月十一日は避難する人々でごった返し、逃げ遅れた人こそいなかったものの、怪我人が多数出たらしい。

校舎に向かって歩を進める。どの教室にも人がいることが、窓から見えた。体育館は使われていない。

遺体安置所になっているからだと、片倉から聞いた。

『こうほう日和』に載せるつもりはないが、結子は体育館に向かって一礼して、シャッターを切った。

校舎からは、見ている間に人がどんどん出てきて、校庭に列をつくっていた。美里たちの炊き出しが始まるのだ。そちらに向かおうとした結子のコートの裾が、いきなり引っ張られた。驚いて顔を向けると、高齢の女性がこちらを睨み上げていた。

「帰らせて」

女性は尖った声を放ってきたが、結子には意味がわからない。

「帰らせてよ。こんなところにいたくない。なんなの、あんた」

「え……ええと……」

「母さん！」

結子が口ごもっていると、中年の男性が駆け寄ってきた。

「すみません、驚かせてしまって」

女性の手を結子のコートから振りほどき、男性が頭を下げてくる。その頬は、げっそりと痩《こ》けていた。一ヵ月近い避難生活だけが原因ではない、もっと前からそうなっているように見えた。

男性に手をつかまれても、女性は結子を睨み上げたまま「あんたが悪いんでしょ！」と繰り返す。

「環境が変わって、精神的に不安定になっているんです」

結子がなんの言葉も返せずにいると、男性はため息交じりに言った。

「住み慣れた家にいるときは、ここまでひどくなかったのですが……。周りに人がいることも、ストレスみたいでして。でも、ほかに行く場所もなくて……」

避難している人の中には、こんな苦しみを抱えた人もいるのか。

「お騒がせして申し訳ありませんでした」

頭を下げてくる男性に、結子は「お気になさらないでください」と返すのが精一杯だった。


結子が傍に行ったときには、炊き出しはもう始まっていた。

「遠慮しないでたくさん食べていいんだよ、僕。たっぷり用意してきたからね」

美里が紙のお椀に豚汁を注ぎながら、小さな男の子に言ったとおり。巨大な寸胴鍋《ずんどうなべ》は豚汁で一杯になり、涎《よだれ》が出そうなにおいを漂わせていた。豚肉に玉葱、にんじん、ジャガイモ、ほうれん草……と具材も豊富だ。

しかも寸胴鍋の後ろでは、美里と一緒に来たボランティアの男女がまな板に向かって追加の肉や野菜を切っている。

「おばさんたちはね、君たちのお腹を一杯にするまで帰るつもりはないの」

美里が男の子に言った言葉は、誇張ではないのかもしれない。東京にある大手企業にかけ合って、調理器具を大量にレンタルしたと言っていたし。

豚汁の列に並んでいるのは、小さい子どもから高齢者まで幅広い年齢層の人たちだった。

避難生活が長引いているせいか、顔色が悪く、見るからに疲れている人が多い。一方で、「豚汁はこっちですよ！」と校舎に向かって声を上げる中年女性や、美里たちに話しかけ、一緒に調理をしようとしている若い男女の集団もいた。

長引く避難生活の間に、さまざまな人間関係ができているようだ。

「すみません。高宝町で広報紙をつくっている、新藤結子と申します」

結子が列に並んだ人にそう声をかけて写真を撮っていいか訊ねると、「どうぞ」という返事が思いのほかたくさん返ってきた。「広報紙ってなに？」と訊ねてきた人は一人もいない。

――『広報うみの』のおかげだな。

楓に感謝しながらシャッターを切っていると、豚汁の入ったお椀を持った女性が話しかけてきた。

「あなたがつくっている広報紙って、『広報うみの』みたいなやつ？」

女性は、若者とは言えないが、中年というにはまだ早い年代だった。にこにこと楽しそうな笑みを浮かべていて、被災した人にはとても見えない。

「はい。町からのお知らせだけじゃなくて、特集や連載も載せています。名前は『こうほう日和』です」

「へえ、おもしろい名前。わざわざこの街まで来たり、熱心ね。私は結婚するまで東京に住んでたんだけど、そこの広報紙は全然やる気がなさそうだったわよ。読んでいる人なんて、大袈裟じゃなくて一人もいなかった」

「数で言えば、そういう広報紙の方が多いかもしれません」

「そうなんだ。あなたみたいな広報マンに会えたのはラッキーなのね。なら、せっかくだし私が震災で体験したことを聞いてもらえないかしら？」

「いいんですか？」

できるなら、写真を撮るだけでなく、海野市民から話を聞きたいと思っていた。辛いことを思い出させてしまうかもと自重していたが、向こうから申し出てくれるなら願ったり叶ったりだ。

「もちろんよ。誰かに話を聞いてほしかったの。いつも私の話を聞いてくれていた人は、いなくなっちゃったから」

あ、と声を上げそうになった。

結婚する前は東京に住んでいたということは、海野市に住み始めたのは結婚してからなのだろう。

でも女性はいま、一人で豚汁をもらっている。

女性の口許には、楽しそうな笑みが浮かんだままだ。しかし両目には、涙の膜ができていた。

「……ここだとにぎやかで声が聞こえにくいから、落ち着いて話せる場所に行きましょう」

女性を促した結子は校庭の隅、グラウンドに下半分が埋められたタイヤの遊具のところまで移動し、向かい合って腰を下ろした。

それから女性は、話を聞いてくれていた人がいなくなった経緯を語り出した。

女性が校舎に入っていくのを見届けてから、結子は目許を拭った。彼女の話を聞いているうちに何度も涙をこぼしそうになったが、懸命にこらえていたのだ。

しかし涙の理由は、それだけではなかった。

――あの人の話を、いまのわたしの力でまとめられるだろうか。

彼女が抱える苦悩を、辛さを、かなしみを、とても文章にできる気がしない。どんなに必死に書いたところで、読んだ人には半分も伝わらないのではないか。

「ずっと泣きたかったのに我慢してたんだね。すごいよ、結子ちゃん」

すぐ右から声がした。電話やメールでは何度もやり取りしているが、直接顔を合わせるのは去年の全国大会のとき以来だ。海野市に行くことは昨日のうちに伝えていて、お互い時間を見つけて会おうと約束していた。

大きく息を吸い込む。

「すごいでしょ。ほめて、楓ちゃん」

顔を向けた結子は、福智楓に冗談めかして言った。


楓と二人で海野東小学校を出て、高台を歩く。

楓の服装はジャージで、ショルダーバッグを斜めがけにしていた。全国大会で会ったときはスカートスーツだったので、なんだか新鮮だ。結子ほどではないが背が高いので、ジャージのロングパンツが長い脚によく似合っている。

「電気と水道は復旧したし、お風呂は自衛隊が仮設でつくってくれた。おかげで少し楽になったんだけど、私は長風呂が好きだから、なかなか落ち着かなくて」

楓は空を見上げて言った。今日の空は、海と美しさを競うように青く澄んでいる。

日常に戻れない人が、まだこんなにもたくさんいるのに。

きれいな空と海に挟まれた楓の姿を見ているうちに、考えないようにしていたことが頭の中に浮かび上がってくる。

先日の電話で楓は、「私は無事」と言っていた。

「私は」ということは、楓の身近な人たちは？

言葉の綾であって、深い意味はないのかもしれない。でも確かめようがないし、確かめることもできない。

なにを話しても傷つけてしまいそうで黙っていると、楓はほんのり垂れた目を結子に向けてきた。

「なにか話してよ。結子ちゃんらしくない……って、こんな状況では簡単に話せないよね」

「……確かに、気軽になにか言うのは難しいかな」

迷ったがすなおに打ち明けると、楓は「そうだよね」と返して笑みを浮かべた。

「なら、私の方から結子ちゃんに話をするね。実は、取材させてもらえないかと思ってたんだ」

「取材？　わたしを？」

「うん。市外の人がいまの海野市を見てどう思うのか、率直な感想を聞かせてほしいの。そのための準備も、ばっちりしてきた。ええと……」

立ちどまった楓の視線の先には、腰を下ろすのにちょうどいいサイズの岩が二つあった。

「ラッキー！」

楓は笑みを浮かべながら岩まで駆けると、海を背にして座った。結子は、もう一つの岩に腰を下ろす。

こちらからは、楓と海がまとめて見えた。

楓が、ショルダーバッグから鉛筆とノートを取り出す。結子も小学生のときに使っていた、算数の学習帳だった。

「避難所の子どもからもらったの」

楓は結子がなにも訊いていないのに言うと、膝の上にノートを広げた。行の幅が広すぎて、大人がメモを取るのに適しているとは思えない。

これしか準備できなかったんだ——ノートからそっと目を逸らした結子に構うことなく、楓は言った。

「広報紙の仕事は久しぶり。なんだか楽しいな。ただ、先に言っておくと、結子ちゃんに取材しても『広報うみの』にいつ載せられるかわからないの。ごめんなさい。しばらくは、広報紙をつくりたくてもつくれなくて」

海野市役所は市街地にあったため、津波に呑まれて跡形もなくなったと聞いている。職員に犠牲者も出たことだろう。楓は、彼らの分の仕事をしなくてはならず、広報紙づくりにまで手が回らないに違いない。

「楽しみにしてくれている人もいるかもしれないから、できるだけ早く復活させたいんだけどね」

「『かもしれない』じゃない、絶対にいるよ」

　結子の声は、自然と強くなった。

「わたしが避難している人たちの写真をすんなり撮れたり、話を聞けたりしたのは、『広報うみの』がたくさん読まれていて、広報紙のことが知られていたから。楽しみにしている人がいないはずない」

　楓が照れ笑いを浮かべる。

「そう言ってもらえて、うれしい。自分で言うのもなんだけど、確かにそうかもしれない。避難所では、よく『広報のお姉さん』って声をかけられるの。三月号は発行できなくて、四月号も五月号も無理そうだという話をしたら、みなさん、がっかりした顔になる。だから一日でも早く『広報うみの』を復活させたい。そのために、こうして準備を──海のいいところばっかり書くんじゃなかった」

「準備を」に続く言葉が脈絡がない上に唐突で、面食らう。

　──いま楓ちゃんは『広報うみの』を復活させたいという話をしていたんじゃないの？　なのにどうして、いきなり海の話が？　しかも『書くんじゃなかった』って？

　困惑していると、楓は結子の目を真っ直ぐ見つめてきた。

　口許は照れ笑いを浮かべたままなのに、両目は少しも笑っていない。

「去年の全国大会の日、私が結子ちゃんに見せた『広報うみの』を覚えてる？」

「もちろん」

楓に見せられた『広報うみの』は、「海野の海」という特集を掲載した六十四ページ――『こうほう日和』の通常号の四倍――の特集号だ。海野市と海の関係が美麗な写真とともに綴られていて、読み応えがあった。

結子はこの号を読んで、海野団子や海岸沿いの和菓子街のことを知ったのだ。

「覚えているなら、わかるでしょう？　私はあの『広報うみの』に、海の恵みとか美しさとか、そういういいところばかり書いてしまった。それだけじゃだめだったの。海の――津波のおそろしさも、しっかり書くべきだった」

「書いてあったじゃない」

あの『広報うみの』には、海野市の海がかつて高潮や津波の被害をもたらしたものの、先人が知恵を振り絞って克服した歴史についてもきちんと書かれていた。

楓は首を横に振る。

「書いたのは、被害を克服したというストーリーだけ。津波なんてもうこわくないという間違ったメッセージを、市民に届けてしまった」

「それは……でも、先人が克服してきたことは事実なわけで……こんな大きな地震が来るとは思わなかったんだから、仕方——」

　仕方がない、と言いかけたが、なんの慰めにもならないことに気づき口を閉ざした。

「……わかってるの。こんなことを考えても意味がないって」

　楓は、口許だけ照れ笑いを浮かべたまま続ける。

「でも地震の日からずっと、気がつけば考えてしまっているの。もし『広報うみの』に想定外の巨大地震が起きたら大津波が押し寄せると書いていたら、助かった人がいるんじゃないかって。私が海のいいところばっかり書いたせいで危機感を持てなくて、逃げ遅れた人がいるんじゃないかって。『広報うみの』にそこまで影響力があるかどうかはわからなくても、どうしても」

　気にしすぎだよ、と否定することはできなかった。楓は影響力があるかわからないと言ったが、『広報うみの』がたくさんの市民に読まれていることは、紛れもない事実だからだ。『広報うみの』を読んだせいで逃げ遅れた人がいなかったとは言い切れない。それを確かめる術《すべ》はない。

　逃げ遅れた人に話を聞くことは、できないのだから。

「結子ちゃんに取材しようと思ったんだけど……だめだね」

　楓が自分の手許に視線を落とした。結子の視線もそれに釣られる。

鉛筆を握った楓の右手は、小刻みに震えていた。

一昨日、結子は茜とともに大地に向かって「負けるもんか」と言い放った。

でも、いまの楓のように、既に「負けた」かもしれない――救える命を救えなかったかもしれないとしたら？

結子は屋代から、『こうほう日和』のおかげで自主防災会が盛り上がって悲惨な事態を免れたと感謝されている。そのとき自分が抱いた心情と対極にあるのが、いまの楓の心情なのかもしれなかった。

高台の下に広がる瓦礫の山と、それを背に座る楓の姿が同化して見えた。

「……どっちみち、いまは広報紙をつくれないんだから無理する必要はないよ。少し広報紙のことから離れよう。力になりたいから、わたしにできることがあったらなんでも言って」

自分が口にしたこの言葉が適切なのかどうか、結子にはわからない。

ただ、楓は腰を曲げて、両手で顔を覆った。

「取材させてと言っておいてなんだけど、結子ちゃんの方が私を取材して、『こうほう日和』に掲載して」

楓がそう言ってくれたので、その場で震災当日のことや避難生活のこと、それから、家族、友人のことを訊ねた。楓が何度も涙ぐんだり、言葉を詰まらせたりするので時間がかかったが、結子は最後まで耳を傾けた。

その後は小学校に戻って美里たちの取材を再開した後で、楓に校舎の中を案内してもらった。教室にはミニサイズの畳が敷き詰められていて、避難している人たちはその上で生活していた。何人かから話を聞くことができたが、大人数での暮らしはやはりストレスが多く、疲労が蓄積しているらしい。仮設住宅の建設も始まっているが、完成するのは早くても月末になるそうだ。

この学校に通っていた子どもたちにも話を聞いた。校舎が避難所になっているので、震災の後は、近所の中学校の教室を間借りして授業を受けているらしい。「通うのが大変だから、早くここを使わせてほしい」と、どの子どもも言っていた。

そうこうしているうちに夜になり、楓と別れた。美里は「片倉さんによろしく伝えておいて」と言い残し、ほかのボランティアと既に高宝町に帰っている。明日は別の街に炊き出しに行くので、今夜は早めに休みたいのだという。

片倉は、午後八時前に戻ってきた。

「お待たせしてすみません。できれば、もっと早く戻りたかったのですが」

車のドアを開けるなり、片倉は言った。

「大丈夫です。ここで少し、一人になりたいと思ってましたから」

ここ、と言いながら、結子は夜の闇と混じってシルエットと化した瓦礫の山を見渡した。

片倉には事前に〈高台ではなく市街地の瓦礫の傍にいます〉とメールで伝えておいた。

片倉が、わずかに顔をしかめる。

「いろいろ思うところはあるのでしょうが、若い女性が一人でこんな暗いところにいたら危ないですよ」

「すみません。でも星がすごいから、そこまで暗くありませんよ」

「それは、確かに」

どちらからともなく、夜空を見上げた。無数の星が、煌々と光を放っている。

一ヵ月前までは街明かりにつぶされて、こんな風には見えなかったことだろう。

夜空を見上げたままの結子の耳に、片倉の声が届く。

「そろそろ帰りましょうか」

「はい」

一度目を閉じ、星々の光をかき消してから、結子は片倉に言った。

「お疲れのところ申し訳ありませんが、帰りも運転よろしくお願いします」

「私は平気です。新藤さんこそ、お疲れでしょう。帰りは寝てもらって構いませんよ。これから原稿にまとめないといけないとはいえ、震災の取材が一区切りしたのですから」

「五月号の取材は一区切りしました」

意識せず、「は」の一音に力がこもった。片倉が、微かに首をかしげる。

「『今月のこだわり』で震災を取り上げるのは、五月号だけでしょう」

「そのつもりでした。でも」

今日目の当たりにした海、空、瓦礫の山、星、そして楓たちの姿が、頭の中に次々と浮かび上がる。

「五月号だけで、終わらせたくありません」

5

「おはようございます。六月号以降も『今月のこだわり』を二つにして、震災の特集をやらせてください」

結子が伊達に向かって一息でそう口にしたのは、海野市に行った次の日、四月十一日のことだった。

待ち構えるべくいつもより早く出勤した結子だったが、伊達は既に席に着いていた。朝から鬼庭と同じ、青い作業服に着替えてもいる。

それを見るや否や薄手のコートを羽織ったまま伊達の前まで行き、最低限の挨拶だけして本題に入ったのだ。

伊達が怪訝そうに言った。

「いきなりなんです？」

「高宝町民は、自分たちだって被災したのに、近隣の自治体に炊き出しに行っています。避難している人を受け入れてもいる。こんな町は、なかなかありません。記録として広報紙に残すべきです。それを読んだ町民が、自分もほかの人たちのためになにかしようと思ってくれるかもしれない」

「高宝っ子」という言葉を使い、外から来た者を意識せず排除しようとする人も、この町にはいる。

でも、困っている誰かのためになんとかしようとする人だっている。

それが高宝町民なんだ――その思いとともに、結子の声は力を帯びていく。

「大切な人や住む家を失った人たちの声も、いま残さないといけない……いえ、いましか残せないんです。だから――」

「少し落ち着いてください、新藤くん。僕に顔を近づけすぎです」

伊達に言われて、身体が前のめりになっていることに気づいた。伊達の顔が、すぐ目の前にある。結子が慌てて身体を引くと、伊達は朗らかな笑い声を上げた。

「やる気があるのは結構ですが、毎号のページ構成はどうするのです？」

「いまつくっている五月号と同じくレイアウトを調整して、お知らせと連載のページを一ページずつ減らします。これで二ページ浮く。『今月のこだわり』も二ページ減らす。これで四ページ使えます」

「なるほど。それなら、できないことはありませんね」

「はい。それから、震災特別号もつくりたいんです」

「特別号？」

伊達が目を瞠《みは》った。

「それは、通常の『こうほう日和』とは別に、ということですか？」

「そうです。高宝町民と、高宝町に避難してきた人たちにインタビューしたり、アンケートを取ったりして、できるだけたくさんの声を掲載します。被害にあった場所も、可能なかぎり写真に撮る。もちろん、とても取材なんて受ける気になれない町民もいるでしょうから、その人たちに配慮しながら。これを号外として発行したいんです。それも、できるだけ早く」

自治体広報紙の号外が発行されることは、ないわけではない。例えば、自治体の広報作品の中から優れたものを選ぶ全国広報コンクールで最優秀賞に当たる内閣総理大臣賞を受賞したときに、住民に喜びと感謝を伝えるため通常号とは別につくられる場合があるようだ。

もっとも、そうした号外はページ数が少ないことがほとんどで、結子が構想しているような大ページの号外はほとんど聞いたことがない。

「予算はどうするのです？」

「通常号のカラーページを減らします。それから今年度は、五月号以降の発行部数も少し減らします。これで予算を捻出できる」

『こうほう日和』の発行部数は毎号三千部。各戸のポストに届けるほか、図書館や公民館などの公共施設に置いてもらっている。後者は毎号、少し余るので、減らしても問題はない。一部の公共施設は被災して再開の目処が立っていないので、そもそも『こうほう日和』を置いてもらえない、という事情もある。

ざっくりではあるが見積もりを計算した紙を見せると、伊達は感心したように頷いた。

「ここまで真剣に考えているとは。どうやら新藤くんも、町民を愛するということがわかってきたようですね」

「それはまだです。わかるようになるかどうかもわかりません」

「高宝っ子」と言う声が頭の中に鳴り響くのと同時にきっぱり言うと、伊達は小さく笑った。

「愛は、人生最大の謎の一つですからね」

「そんな壮大な話、いまはしなくていいです。それよりどうですか、わたしの考えは？」

伊達は、「愛の謎にも取り組んでほしいのですが」とぼやきつつも頷いた。

「新藤くんの負担が大きくなりすぎる気がしますが、やりたいというなら僕にとめる権利はありません。『こうほう日和』の担当は新藤くんですからね。ただし、上の許可は必要です。この前も言ったとおり、僕ではなく町長に――」

「伊達さんも、一緒についてもらえないでしょうか」

伊達が言い終えるまで待てなかった。伊達は、結子をじっと見つめる。睨まれているみたいだ、と思ってから、伊達が今朝も黒縁眼鏡をかけていないことに気づいた。眼鏡なしの顔に、段々と見慣れつつある。

「僕が、新藤くんと一緒に？」

「……そうです」

伊達さんは黒縁眼鏡でごまかしていただけで目つきが鋭い、怒っているわけじゃない、と思いながら答える。

「五月号の取材で、わたしも被災者から話を聞きました。でも、あの人たちが抱えている気持ちを全部聞き出せたかはわからないし、ちゃんと記事にできるかもわかりません」

特に海野市で話を聞いた、海野東小学校に避難していた女性の気持ちは……。あのとき抱いた無力感に呑まれかけた結子は、声を大きくして続ける。

「でも伊達さんなら、そんなことはありませんよね」

伊達は広報マン時代、障がい者に密着した特集を組み、全国広報コンクールで内閣総理大臣賞を受賞している。

重度の障がいがある人の中には、不明瞭な話し方しかできない人もいる。彼らの言葉がわからなければ取材する資格はないと思った伊達は、障がい者たちのもとに何度も通ったり、一緒に飲みに行ったりしたらしい。

その結果、「『障がい者は純粋な人たち』と見られるのが苦痛」「『障がい者』として扱われると、自分は普通じゃないと言われているようで腹が立つ」などという本音を引き出した。

いまの結子ではたとえ同じように何度も通っても、ここまで取材相手に本音を話してもらえるとは思えないし、話してもらえたところで文章にまとめる力が不足している。悔しいが、これればかりはどうにもならない。だから、

「伊達さんなら、わたしなんかよりずっと上手に被災者の話を聞くことができる。通常の『こうほう日和』をレベルアップさせるためにも、力を貸してほしいんです。それに、わた

し一人では特別号まで手が回りません。特別号をつくるためには、伊達さんの力が絶対に必要なんです。忙しいのはわかっているつもりですけど、非常事態なんです。できる範囲でお願いします！」

結子は気をつけの姿勢を取ってから頭を下げた。「二年間も広報紙をつくってきたのに、まだ僕の力が必要なのですか？」「忙しいことがわかっていながら負担を増やすなんて、僕を過労死させるおつもりで？」などの皮肉が飛んでくることは覚悟していた。それでも、引き受けてくれると思った。

去年、伊達は自分の仕事の合間を縫ってかなりの無茶をして、とんでもなくレベルの高い広報紙をつくり上げた。今回だって、同じことをしてくれるはず。

「顔を上げてください」

伊達の声が聞こえてきた。言われたとおりにすると、目が合った。

「特別号とは前代未聞ですが、実現できればおもしろい広報紙になると思います。未曽有の大災害の後なのです。つくる価値があるとも思います」

「それじゃあ……」

口許が綻びかけた結子に、伊達はきっぱりと告げる。

「でも、僕は手伝えません」

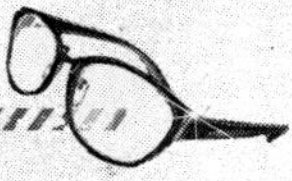

三章

――去年はなんとか時間を捻出しましたが、いまの僕は震災の対応でとても余裕がありません。通常の『こうほう日和』は、新藤くんがいま持てる力で全力を尽くしてください。そうすれば、一定以上のレベルには到達します。特別号はあきらめるか、時間をかけて一人でやってもらうしかありません。申し訳ないですが、新藤くんが僕を超える広報マンになれるチャンスですよ。

伊達さんのこの言葉はごもっともだ、と思い返す度に結子は思う。

でも、納得できるかどうかは別問題だ。

広報紙によって住民に町を愛してもらう。そんな言葉を恥ずかしげもなく連呼してきた伊達が、忙しい、くらいで広報紙づくりを断るなんて。伊達自身、広報紙をつくることが大好きなはずなのに。そうでなかったら、去年、広報紙をつくる時間を捻出なんてしなかっただろう。

「――さん」

もしかしたら伊達には、結子を手伝いたくない理由があるのではないだろうか？

「――藤《どう》さん」

　でも、どんな理由があるというのだろう？　たとえあったとしても、結子に隠す必要はないのでは？　ということは、やっぱり忙しいから断ってきただけなのか？　でも、それは納得できないし……。

「新藤さん！」

　少女の呼び声で、結子は我に返った。いつの間にか目の前に、佐野風花が立っている。

　小学校の卒業式から一ヵ月半しか経っていないのに、風花は、あのときより大人っぽくなったように見えた。長い手足に、中学のジャージがよく似合っているからかもしれない。

　風花は心配そうな顔をして、結子を見上げている。

「具合が悪いんですか？　日陰に行って休みますか？」

「考えごとをしていただけだから大丈夫。しっかり取材させてもらうね」

　結子は急いで笑顔をつくった。グラウンドでは、二チームの少年たちが合同で野球の練習をしている。人数は、三十人ちょっと。

　ここ、高宝中学校の野球部と、徳条《とくじょう》市の中学校の野球部員たちだ。

　徳条市はG県にある。震災の被害は大きく、まだ日常生活は取り戻せていない。しかし少しでも元気になってほしいと野球部を招待し、合同練習と試合を行うことになったのだ。

発案者は、善通寺京一郎の父親である。「震災から二ヵ月も経ってないのに早すぎるのでは」「被災地に却って迷惑がかかるのでは」などと心配する声も上がったが、「野球をやりたい子どもにとって救いになるはずだ」と押し切り、徳条市に住む知り合いに連絡して実現にこぎ着けたらしい。

本当は海野市にも声をかけたかったようだが、こちらはさすがにまだ無理だった。この話を町民から伝え聞いた結子は取材を申し出て、今日ここにいる。

「無理はしないでくださいね。今日は暑いですから」

風花は心配そうな顔をしたまま言った。確かに、今日はゴールデンウィークただ中の五月三日とは思えないほど陽射しが強い。もっとしっかり日焼け止めを塗ってくればよかったと後悔する一方で、野球をするにはうってつけの天気だとも思った。

「ありがとう。風花ちゃんも、無理のない範囲でがんばってね」

「私は全然平気です。普段から鍛えてますから」

風花は笑いながら、右腕で力こぶをつくった。中学生になってからソフトボール部に入部して、汗を流しているらしい。今日は部活が休みで野球部の手伝いにきたそうだが、マネージャーに加えて保護者もいるので、風花がすることはほとんどないはず。

それなのに来た理由は、きっと別にある。

「京一郎くん、調子がいいね」

　京一郎は別のチームのユニフォームを着た、中性的な顔立ちの少年相手にキャッチボールをしている。結子は野球にはあまり詳しくないので、実のところ、調子のよし悪しはわからない。それでも風花の反応を見たくて、敢えて話を振ってみた。

「わかります？　そうなんですよ！」

　案の定、風花は「ぱあっ」という効果音をつけたくなるような笑顔で語り始める。

「最近、速球に伸びが出てきたんですよ。あと、コントロールもよくなりました。私とキャッチボールしていても――」

　――うん、微笑ましい。

　結子がにこにこしながら風花の話を聞いていると、「新藤さーん」という声とともに、善通寺が小走りに駆けてきた。

「おう、風花ちゃんも一緒か。うちの京一郎の応援に来てくれたのか」

「ち……違います」

「照れるな照れるな。でもキスとかはまだ早いからな。新藤さんからも言ってやってください――あ、東京の人は、そういうことが早いのか」

　結子がなにも言っていないのに、善通寺は「がっはっはっ」と大きな声で笑った。風花は笑ってこそいるものの、顔を引きつらせている。さすがにこれは、なにも言わないわけにはいかない。

「そういうことを言われた人は困ってしまいますよ、善通寺さん」

セクハラ発言なので嫌われますよ、という意味のことをオブラートに包んだ言い方で伝えると、途端に善通寺は慌てふためいた。

「そ……そうだよな。すまない、悪気はなかったんだ」

世のセクハラの九割くらいに使われそうな言い訳だが、つり気味の目が垂れて見えるくらい善通寺がしょんぼりしたので、これ以上は言わないことにした。

この企画は善通寺のおかげで実現したのだから、あまり責めたくもない。

「G県の子どもたち、楽しそうですね。善通寺さんのおかげだと思います」

結子がそう言ったのは話を変えるためではあるものの、嘘でもなかった。グラウンドに散らばった少年たちは、着ているユニフォームに関係なく笑顔だ。中には、歓声じみた声を上げ、はしゃぐ子もいる。この瞬間だけを見た人は、三月に大地震があったなんて思いもしないだろう。

善通寺が、たったいましょんぼりしたのが嘘のように得意気な笑みを浮かべた。

「だろう？　いやあ、我ながらいい仕事をしたと思ってるよ」

調子がいい。風花とこっそり目を合わせていると、善通寺は「でもな」という一言とともに真顔になった。

「そもそもの言い出しっぺは、京一郎なんだよ」

「京一郎？」

風花が目を丸くする。

「そうだよ。あいつがね、テレビで試合を見て言ったんだ」

その試合というのは、札幌で開催されたプロ野球十二球団によるチャリティーマッチだという。試合前、東北に本拠地を置くプロ野球チームの選手が、三月十一日に起こった悲劇が未だ信じられないこと、自分たちになにができるか考え抜いたことを語り、「見せましょう、野球の底力を」と呼びかけた。

それを聞いた京一郎は涙ぐみ、善通寺に「被災した人たちのために野球でなにかできないかな」と相談してきたのだという。

――あの京一郎くんが。

卒業式をするため大人を説得したことに続く驚きだった。風花は目を丸くしたまま頬をほんのり赤らめ、キャッチボールする京一郎を見つめている。

善通寺が、遠くを眺めるような眼差しになった。

「昔の私だったら、誰になんと言われようと被災地のために一肌脱ごうなんて思いもしなかっただろう。親になって、人間が変わったということだよね」

親になるどころか結婚もしていない結子に、同意を求めないでほしい。

「そうなんですね」

曖昧な返事でごまかす一方で、こう思った。

――糸島美里さんといい、自分たちだって被災したのに誰かのためになにかしようとする町民が多いんだな。

少年たちの声を背後に聞きながら、結子は校庭の隅に向かう。彼らの写真を撮っている最《さ》中《なか》、四つ並んだ赤い三角コーンに、黒と黄色のバーが架けられていることに気づいたからだった。

どうやらあの辺りは、立ち入り禁止になっている。

バーの向こう側には、こちらから見て右に傾いた鉄棒があり、地面には複数の亀裂が走って段差ができていた。考えるまでもなく、三月十一日にできたものだろう。

近づけば近づくほど、亀裂が長く、段差は大きいことが見て取れた。

バーの手前で足をとめた結子は、シャッターが鳴る音を聞いてから、自分が写真を撮ったことに気づいた。気づいてからも身体が自分の意思とは関係なく動き、身を乗り出したり、後ろに数歩下がったり、しゃがんだりして、ひたすらシャッターを切り続ける。

パシャ、パシャ、というシャッター音以外、なにも耳に入らなくなる。

「そろそろ練習を終わりにするぞー！」

後ろから聞こえてきた声にシャッター音を破られ、結子の指はとまった。一つ息をつき、撮影した写真をカメラのディスプレイで確認する。露出などの調整をせず、アングルも決めずに撮った写真ばかりなので、出来栄えがいいとは言えない。

それでも、次の『こうほう日和』で使おうと思った。

――少し前までなら写真を見せながら、いまの話を伊達さんにしただろうな。

一緒に『こうほう日和』をつくることを断られてから、約三週間。伊達は相変わらず広報課にいないことが多いが、顔を合わせれば挨拶はするし、話もする。傍目には、これまでと同じ関係に見えるはずだ。

しかし、伊達と『こうほう日和』の話をすることはなくなった。

話しにくいのだ――伊達からなにか言われたわけでも、されたわけでもないのに。広報紙づくりを手伝ってもらえない理由だって、ちゃんと筋が通ったものなのに。

――伊達さんがあの黒縁眼鏡をかけてくれたら、少しは話せるようになるんだろうか。

記憶の中にある眼鏡をかけた伊達の顔は、徐々に曖昧になっている。そういえばお得意の皮肉も、もうずっと言われていない。

皮肉なんて言われない方が自分にとっていいはずなのに、自然とため息が漏れ出た。

伊達の協力を得られない以上、特別号をつくることは時間的に不可能だ。通常の『こうほう日和』で震災関連の特集を組むつもりではいるが、ページ数がかぎられている以上、載せられないことも多い。もちろん全力は尽くすが、いまの結子の力では聞き出せない話だってある。

明日会う人たちも、本当は伊達に取材してもらって、特別号に記事を掲載したかった。

2

次の日、五月四日の昼前。

「よろしくお願いします」

助手席に乗り込んだ結子が一礼すると、片倉は「こちらこそ」と微かに頭を下げてから訊ねてきた。

「いまさらですが、新藤さんのご自宅は地震の被害を受けなかったのですか」

「はい。高宝町の中では、新しいアパートを選びましたから。つくりがしっかりしているみたいで、なんともありませんでした」

二年前、引っ越してきたときはこの町に住むことが嫌で嫌で仕方がなかったから、せめて家ではくつろげるようにと思い、そういうアパートをさがしたのだ。

広報紙づくりに夢中になってからは在宅時間が激減したが、いまさら引っ越すのも面倒くさい。

「念のため地震対策で箪笥や本棚の下にストッパーを噛ませておいたから、倒れてくることもありませんでした。テーブルの卓上ランプは落ちて、こわれちゃいましたけど」

「やはり対策をしていると違うんですね。私はなにもしていなかったので、本や資料が床に散らばって大変でした。ほとんど家に帰っていないので、まだ片づけていません。片づけられるのは、いつになることやら」

片倉は鼻から軽く息を吐き、車を発進させる。目的地は、町の西方にある一軒家だ。

そこに滞在する夫婦に、取材させてもらうことになっている。

この夫婦は、もともと海野市に住んでいた。震災のときは高台に避難して難を逃れたものの、自宅は津波に流されてしまった。不幸中の幸いで仲のいい従兄弟《いとこ》が高宝町にいるので、離れに仮住まいさせてもらっているという。

従兄弟が『こうほう日和』の熱心な読者で、「本人たちが、あの日のことを記録として残してほしいと言っている。話を聞いてやってくれないか」と結子に連絡してきたのが一週間前のこと。結子としては引き受けたかったが、既に五月号の取材は終えていたし、六月号の取材相手も決まっている。せっかく話を聞かせてもらっても、『こうほう日和』に掲載するのは七月号以降になってしまう。

特別号ができていれば、と歯噛みしたが仕方がない。

そこで片倉に相談したところ、「うちの新聞でよければ」と取材を買って出てくれたのだ。そのことを従兄弟に伝えると、夫婦は「そっちの方がいい」と喜んでいるという返事があった。

自分のところに来たネタを新聞に提供すると、ネタ元に「広報紙に載るよりうれしい」と言われて複雑な気持ちになる——「自治体広報マンあるある」だ。

結子は、片倉が取材しているところを見たくて、同行させてもらうことにした。被災者にどんな風に質問して話を引き出すのか、プロの記者のやり方を勉強したい。結子がそう言うと、片倉は「そんなにたいしたものではありませんが、先方が問題ないのなら」と承諾してくれたのだった。

片倉の運転する車に乗ること十分、目的の家に到着した。二階建ての古い日本家屋だった。

単独で見れば、きっと大きいのだろう。しかし庭が広すぎるせいで、こぢんまりした家だと錯覚しそうになる。離れだという平屋も、かなり大きい。

東京ではいくら払えば買えるかわからないこうしたサイズの家が、高宝町にはごろごろある。

「ようこそ、我が家へ……って、ここは俺の家じゃないんだった」

結子と片倉が離れに入ると、男性が大声で笑いながら迎えてくれた。首筋までしわだらけでかなり高齢であることが見て取れるが、声に張りがあって年齢を感じさせない。

「ばーさん、この人たちにお茶をいれておくれ」

自分の妻を「ばーさん」と呼ぶ男性に、結子は初めて会った。しかも女性は、男性に較べるとしわが少なく、「ばーさん」と呼ばれるには少し若い。しかし女性は嫌な顔一つせず、「はいはい」と言いながら襖《ふすま》を開けて出ていった。

男性は卓袱台《ちゃぶだい》の前で胡坐《あぐら》をかくと、「座ってくれ」と促してきた。結子たちが言われたとおりにするなり、男性は語り出す。

「俺は朝日《あさひ》育蔵《いくぞう》。いま台所でお茶をいれているのが、妻の美佳子《みかこ》だ。震災の一週間くらい後から、ここで厄介になっている」

まずは片倉が、次いで結子が名刺を渡して名乗ると、朝日はまだ美佳子が戻っていないのに話し始めた。

「あの日は地震があった後すぐ、危ないと思って高台に逃げたんだ。おかげで俺もばーさんも無事だったが、見ている前で家が津波で流されちまってな。衝撃的な体験だった。いかにおそろしい震災だったか、ぜひたくさんの人に知ってほしい。だから日京新聞に取材してもらえてうれしいよ……こう言っちゃなんだけど、新聞よりも、この町の広報紙よりも、本当は『広報うみの』がよかったんだけどな。なんとか役所と連絡がついたんだが、いまは発行できなくて、復活の目処は立ってないと言われてしまった。残念だよ。あれの代わりになる読み物なんて、この世にはないのに」

結子にも片倉にも失礼な物言いだが、あけすけすぎて逆に不快ではなかった。片倉も表情を変えていない。

——楓ちゃんが聞いたら喜ぶだろうな。

結子がそう思っているうちに、朝日は続ける。

「まあ、家が流されたとはいえ、通帳とか大事なものは全部持ち出せたからよかった。おまけに、受け入れてくれる親戚も近くにいた。避難所暮らしを続けなくちゃいけない人たちより、我が家はずっと恵まれているよ、うん。運がよかったとさえ言えるな、うん。そうだ。俺もばーさんも幸運だったんだ、うん。きっとそうだ、うん、うん」

「うん」という呟きが、頷きとともに何度も繰り返される。そうすればするほど、朝日の両目は潤み、視線の先が曖昧になっていった。

美佳子が湯気を立てた湯飲みを盆に載せて戻ってきたが、朝日はそちらを一瞥《いちべつ》もしない。

「こんな恵まれた人間の話なんて、記事にできないかもしれん。それでも、聞いてほしいんだよ。もっと不幸で、苦しんでいる人の方が記事になるのはわかるよ。でもな、そういう人たちはいまはまだ話す気になれないだろう。だからな……うん……うん。うん」

朝日は視線の先が曖昧なまま「うん」を繰り返すばかりで、本題に入ろうとしなかった。

いや、入れないのか。

――もし取材しているのがわたしだったら、この人にどんな言葉をかけるだろう？

結子が膝の上で両手を握りしめていると、片倉が口を開いた。

「美佳子さんは、あの日のことをどう思われていますか」

え、と声を上げそうになった。まさかいきなり、美佳子に質問をぶつけるなんて。

結子だけでなく、朝日も、美佳子本人も予想外だったようで、虚を衝《つ》かれた顔になる。

「美佳子さんは、あの日のことをどう思われていますか」

片倉が同じ質問を繰り返すと、朝日が慌てたように言った。

「ばーさんは、まだ話せん」

「もちろん、無理に答えてほしいとは申しません。しかし少しでも話していただけるのなら、ぜひお聞きしたい」

「俺が話してるのに、なにを勝手に――」

「いいんですよ、じーさん」

卓袱台に拳を置いた朝日を、美佳子は遮った。表情は、笑顔ではある。

しかし両目からは、大粒の涙がぽろぽろこぼれ落ちていた。

「もともと、取材を受けたいと言い出したのは私なんですから。じーさんこそ、まだ話すのは難しいでしょう」

「ばか言うな。そんな男らしくないこと――」

「男も女も関係ありません」

涙を流しながらもぴしゃりと言った美佳子は、片倉にゆっくりと頭を下げた。

「すみません。じーさんは婿養子で、流された家に子どものころから住んでいたのは私なんです。思い入れもじーさんより強い。ですから、私がお話しします――津波が憎い。ここの人はよくしてくれるけど、もとの生活に戻りたい。でも、戻れない」

美佳子は頭を下げたまま、歯をかたかた鳴らして語り始めた。

「朝日さんがなかなか本題に入れないでいることは、わたしにもわかりました。でも、どうして急に美佳子さんの方に質問したんですか」

助手席のドアを閉めるのとほとんど同時に、結子は訊ねた。片倉は、エンジンキーを回してから答える。

「朝日さんが、美佳子さんが台所にいる間に話を始め、お茶を持ってきてくれても見向きもしなかったからです。まるで、美佳子さんに語らせまいとしているように見えました」

言われてみれば、そう見えなくはなかったかもしれない。

「しかも美佳子さんは、お茶をいれにいく前から私の方を見て、何度も口を開きかけていたんです。ですから、本当に取材を受けたいのは美佳子さんで、朝日さんは気を遣って自分が無理に話そうとしているのではと推察しました」

結子は朝日の方ばかり見ていたので、美佳子のそうした様子にはまるで気づかなかった。気づいていたとしても、片倉のように美佳子に質問をぶつけられたとは到底思えない。

会社の理不尽な方針に異を唱えたため左遷されたものの、片倉が優秀な記者と言われていたことを思い出した。

片倉が車を発進させてから、結子は言う。

「勉強になりました、ありがとうございます。わたしでは、美佳子さんに話してもらうことはできませんでした。片倉さんに取材をお願いして、本当によかったです」

口にした言葉に嘘はないが、唇を噛みしめずにはいられなかった。

片倉はいつもと変わりない、静かな口調で言う。

「私はたいしたことはしていません。それに新聞ではなく、自治体広報紙だからこそ聞き出せる話もあったと思いますよ。そうでなかったら、朝日さんは『広報うみの』に取材してほしかったなどとは言わなかったでしょう」

「それは……」

そのとおりかもしれない。

結子は、息を深く吸い込んでから言い直す。

「たぶん、片倉さんの言うとおりなんでしょうね。でもそれは、取材する自治体広報マンにちゃんと取材する力がある場合にかぎられると思います」

「新藤さんには、力があるでしょう」

「正直、自分でも力はある方だと思っていました。というより、力がついたと思っていました。なんだかんだで二年間、毎月、『こうほう日和』をつくり続けてきましたからね。でも被災した人たちに取材するのは、勝手が違ったんです」

今月発行する五月号のことを思い出す。

土日や祝日で多少スケジュールが前後することはあるが、『こうほう日和』の発行日は毎月十五日だ。いつもなら月初から九日にかけて印刷所にデータを送る。今日は五月四日。本来ならデータを送っている真っ最中なのだが、今月はゴールデンウィークと印刷機が直っていない関係でスケジュールを前倒しにしなくてはならず、既にほとんどのデータを印刷所に送り終えていた。その中には、海野市の取材をまとめたページもある。

あのページの原稿は、いくら頭を捻っても、どんなに直しても、楓たちの想いの半分も書けた気がしなかった。

茜に読んでもらったら、「よく書けてるよ。海野市の人たちの辛い思いが伝わってくる」と言ってくれた。涙ぐんでいたから、お世辞ではないと思う。

でも楓たちの話を聞いたときに自分が抱いた感情に較べたら、全然足りない。

なにが問題なのか、いくら分析してもわからない。文章の構成、単語の選定、全体のリズム……そのどれかなのかもしれないし、どれでもないのかもしれないし、すべてなのかもしれなかった。

話を聞かせてくれた楓ちゃんたちに申し訳ない――思い返しただけで悔し涙がこぼれそうになって、慌てて右手で目許を拭った。

片倉は、一瞬こちらを見た気がしたが、口調を変えることなく続ける。

「確かに、これだけの大災害ですからね。新藤さんの言いたいこともわかります。でも、まだ社会人三年目でしょう。これからもっと力をつけていけばいい……というわけには、いかないのですよね」

「はい。被災した人たちの声を残すためには、いま力が必要なんです。でも、自分一人でいますぐに力をつけることはできない。それに」

美佳子に話させまいとした朝日と、その朝日を制して涙を流して語った美佳子。二人の姿が、脳裏にくっきりと浮かび上がる。

「朝日さんご夫妻の話を聞いて、特別号をつくりたい気持ちも強くなりました。だからやっぱり、伊達さんの力を借りたい」

「特別号？」

「被災した人たちの声や風景写真を集めた号外をつくりたいと思っているんです。震災からそれほど時間が経っていない、いまを記録するために、できるだけ早く。でも、わたし一人では時間的につくれない。伊達さんの力がどうしても必要なんです。だから一緒につくってほしいとお願いしたんですけど……忙しいからと、断られてしまいました。通常の『こうほう日和』をつくるのも、無理だそうです」

つい愚痴っぽい言い方になってしまったが、片倉は感心したように頷いた。

「いまを記録した特別号か。おもしろい発想だ。ただ、伊達さんに手伝ってもらえないのは仕方がないでしょう。お忙しいようですからね」

「そうなんですけど……震災の対応で、いろいろしなくちゃいけないことはわかっているんですけど……」

「わかっている顔には見えませんが」

片倉は、今度は結子の方をはっきりと横目で見て苦笑した。

「私は先週も、伊達さんを町中で見かけました。崩れた建物の前に立って、一緒にいた男性にいろいろ説明しているようでしたね。広報課らしくない仕事で興味はありましたが、忙しそうだったので声はかけませんでした」

それは、確かに広報課の仕事らしくない。土木整備課を手伝っているのかもしれないとは思ったが、そこまでしているなんて。もし復興事業にも携わるのなら、広報課の仕事をするのは無理だろう。そういえば最近は、鬼庭の広報官もしていないようだ。

――さみしいな。

つい抱いてしまった子どもっぽい思いを隠し、結子は「わかっている顔」に見えるであろう表情をつくった。

「そうですよね。伊達さんは忙しいんだから、仕方ないですよね」

3

片倉には、高宝町役場まで運転してもらった。先ほどの取材でなにを念頭に質問したのか、どこを重点的に原稿に書くつもりなのかを教えてほしいとお願いしたら、広報課の応接スペースで話を聞かせてもらえることになったのだ。

ゴールデンウィーク中の役場は、本来なら誰も出勤しておらず、正面玄関も閉まっている。しかし震災があったため、今年は正面玄関を開け、一階の受付に職員が待機していた。

去年のゴールデンウィークと違って、通用口ではなく正面玄関を使うことにちょっとした違和感を抱きながら、結子は片倉を先導して中に入る。その足は、ロビーでとまった。「未来の高宝町」の掲示板の前に、茜がいたからだ。

「どうしたの、茜?」

茜が休日出勤するという話は聞いていない。振り向いた茜は、結子と片倉を見て言った。

「結子と片倉さんこそ、なにしに来たの?」

「片倉さんの取材に同席したらいろいろ訊きたいことが出てきたから、教えてもらおうと思って」

「結子は熱心だなあ。私の方は、たいしたことじゃない。町民から預かった作品を貼りにきただけ」

「ゴールデンウィーク中にそのために来ている時点で、充分たいしたことだと思うけど」

笑いながら、茜の傍まで行く。四月七日の余震で一部が破損した後も町民から次々に作品が寄せられていて、掲示板の数は、いまや五つに増設されている。立体物も、長机一杯に並べられていた。

五月号に掲載するため掲示板の様子を写真に撮った結子だったが、それは十日ほど前のこと。じっくり見るのは久しぶりだった。メッセージやイラスト、合成写真だけでなく、ぺしゃんこになった木造住宅やひびが走ったアスファルト、土砂で塞がれた山道の写真などが増えている。

「結子には言ってなかったけど、いまの高宝町の写真も展示することにしたの」

結子の視線を読み取り、茜は言った。

「『未来の高宝町』という企画からずれちゃってごめんね」

「掲示板の管理は茜に任せているんだから、全然構わないよ。でも、どうしてそういう写真を？」

「町の人たちが望んでいるから」

茜は、ぺしゃんこになった木造住宅の写真を指差す。デジカメか携帯電話で写した写真をプリントアウトしたものだった。

「この写真を持ってきてくれたのは、随分年を取ったおじいちゃんだった。自分がずっと住んでいた家の写真を、コンビニでわざわざプリントアウトしたんだって。最初は断ったの。かわいそうだとは思ったけど、この掲示板のテーマは未来だから。でもその後も、被災した高宝町のいまを写した写真を持ってくる人がたくさんいた」

そのときのことを思い出したのか、茜の目が細くなった。

「それでも断り続けてたんだけど、段々と断ることがおかしい気がしてきた。未来って、現在とつながっているものでしょ。だったら、いまの高宝町の写真も受けつけるべきだもん。だから方針転換して、ゴールデンウィーク中、断っちゃった人のところを回って作品を集めてきたの。念のために連絡先を聞いておいてよかったよ。でも」

茜が再び、木造住宅の写真を指差す。

「この写真のおじいちゃんは避難所から親戚の家に移っていて、なかなか連絡がつかなかった。昨日の夜、町外にいることがわかって、さっき会いにいって写真を預かってきたところ」

「なるほどね。でも展示するのは、ゴールデンウィーク明けでもよかったんじゃない？」

「結子だったら、休日出勤して作業するでしょ」

「……そうかも」

「『かも』じゃない、絶対だよ」

結子を見上げて背伸びまでして、茜は言い切った。結子はその勢いにたじろぎながら、展示された写真を見つめる。

未来のことばかり考え、いまを疎かにした企画を立ててしまったことは浅はかだった。

一方で、こんなにたくさんのいまを写した写真が集まるとは思いもしなかったことも事実だ。

いまのことを記録に残したい人がいることはわかっていた。そういう人たちから話を聞かせてもらってきた。

でも、変わり果てた町の姿なんて早く忘れたい人の方が、圧倒的に多いと決めつけていた。

そういう人たちの中から記録を残そうとしている人を見つけることが、自分の仕事だと思っていたのに。

「人間は、記録したがる生き物です」

片倉が、結子の隣に立って語り出す。

「以前、関西で大きな地震が起こったとき、走行中のバスの目の前で高速道路が崩落したことがあります。運転手が咄嗟にブレーキをかけたため、前輪部が宙に乗り出しただけで奇跡的に落下は免れました。運転手は乗客と一緒に避難した後、公衆電話から会社に状況を説明した。でも信じてもらえず、コンビニで使い捨てカメラを買ってバスの写真を撮影したそうです。当時はインターネットもメールも普及していなかったからすぐに見せることはできなくても、撮影せずにはいられなかったのでしょう。記録する動物は、人間だけですからね」

あくまで私見ですが、と片倉はつけ加えたものの、結子は納得できる気がした。

「そんな凄絶な経験とは較べられませんけど、昨日、わたしも似たようなことがありました」

グラウンドに走った亀裂の写真を撮ったときの記憶が蘇る。

あのときの結子は、気づいたらシャッターを切っていて、気づいてからも切り続けていた。撮影した写真を『こうほう日和』に使おうと思ったのは、練習を終わりにするという声が聞こえて、我に返ってからだった。

茜が、掲示板に貼ったいまの高宝町の写真を見つめて言う。

「さっき会ったおじいちゃんも、ほかの人たちも『被災した高宝町の姿を後世に残したい』みたいなことを言ってたよ」

「そう……」

結子は呟くと、茜と同じように写真を見つめる。

上手な写真は一つもない。構図はアンバランスだし、ピントだって合っていない。

それでも結子の胸は、強く締めつけられた。

やっぱりどうしても、震災後のいまの町民の声を、町の様子を、『こうほう日和』に残したい。それも、可能なかぎりたくさん。数だけなら、インターネットで募れば集めることはできるかもしれない。

でも最善の形で集めるには、通常号のクオリティーを上げることと、特別号をつくることがどうしても必要で、だから、

「伊達さんがほしい」

その一言を意識することなく、熱い吐息とともに口にした。

伊達が結子を手伝えないのが、忙しいからではなく、なにか別の理由があるのなら、それを突きとめたい。その理由が解消できるものであるならば解消して、一緒に『こうほう日和』をつくってほしい。

結子の視線は写真に引き寄せられたままだったが、茜が後ずさったことが気配でわかった。

「伊達さんがほしいって、そんなストレートに……それも、恋する乙女みたいな声で……」

「新藤さんは、羽田さんが考えているような意味で言ったのではないと思いますよ」

「そんなの、わからないじゃないですか」

「わかりますよ、仕事仲間ですから」

「仕事仲間って……割り切りすぎじゃありませんか、片倉さん？」

「そうかもしれませんね。でも新藤さんが、こういう私の方が話しやすいと言ってくれましたから。私もいまの方が、新藤さんと気楽に話せます」

「むう……」

茜と片倉が、結子には意味不明なやり取りを繰り広げる。伊達のことで頭が一杯で聞き流していると、「新藤か？」という男性の声がした。結子が振り返る前に、声が続く。

「その電信柱みたいに無駄に大きな身体は新藤だよな」

――その喧嘩を売っているみたいに失礼な言い方は町長ですね。

そう思いながら振り返ると、案の定、鬼庭だった。上の階から下りてきたところらしく、右足が階段に残っている。

町長もゴールデンウィーク中に出勤しているんですね、と結子が訊ねる前に、鬼庭は捲し立てる。

「なんだか騒がしいと思ったら、まさか新藤だったとはな。ちょうど話をしたいと思っていたところなんだ。すぐに電話するか、ゴールデンウィーク明け、君が出勤してから呼び出すか迷っていたんだが、ちょうどいい。一緒に町長室に来るんだ」

「わたしはこれから、片倉さんと——」

結子を無視して、鬼庭は階段をせかせか上がっていく。

「町長、待ってください！」

「私は構いませんよ、新藤さん。町長の話を優先してください」

「でも……」

「行った方がいいと思うよ、私も」

茜が、片倉と会話していたときとは一転して真剣な口調になる。

「町長は、さすがに最近は家に帰っているけど、いまも町長室に寝泊まりすることがあるみたい。今日だって、ゴールデンウィーク中にわざわざ出勤しているんだもん。震災に関係することで、大事な話があるんだと思う」


「まあ、座ってくれたまえ」

結子が町長室のドアを閉めるのとほとんど同時に、鬼庭はソファに恭《うやうや》しく右手を向けた。

この部屋には何度か来ているが、こんな態度を取られたのは初めてだ。

震災に関係する大事な話なんかじゃない、なにか厄介ごとを押しつけてくるつもりなのでは？　伊達が広報紙づくりに協力してくれない理由を突きとめようと決意したばかりなのに、時間を取られてはたまらない。

　町長用の椅子に腰を下ろした鬼庭に警戒の眼差しを向けつつ、結子はソファに座る。

「そんなこわい目で見ないでくれ。話というのは、ボランティアのことなんだ」

「ボランティア、ですか」

　警戒しながら復唱する。

「そうだ。今回、未曽有の大災害にもかかわらず、ボランティアの参加人数が期待されていたほど多くないことは知っているな」

「はい」

　もちろん、全国各地から東北にボランティアが集まってくれてはいる。震災発生から二ヵ月弱、参加人数は二十万人を超えたというデータもあるらしい。これで「ボランティアが少ない」と不満を言っては罰が当たるだろう。

　ただ、鬼庭の言ったとおり、期待されていたほどではない。

　たとえば、片倉が先ほど話していた関西で起こった震災では、被災地を訪れたボランティアは二ヵ月弱で九十万人を超えたと推計される。今回の同じ時期の四倍以上だ。

「町長の立場で言うのもなんだが、仕方がないとは思う。三月十一日の地震は東日本全域が被害に遭ったから、自分のことで手一杯という人が多いはず。原発が不安で、東北に来ることを躊躇する人もいるだろう。ボランティアに来てもらったところで、食事や寝泊まりできる場所を提供できないという自治体側の事情もあった」

「問い合わせがあっても、断っている自治体もあるみたいですね」

「そのとおり。海野市もその一つだ。だが今月半ばくらいから、個人ボランティアの受け入れを始めることにしたそうだ」

「そうなんですか！」

警戒していたのを忘れて、喜びの声を上げてしまう。

「社協に余裕ができたんですね」

一般に、被災地で個人ボランティアの受付窓口となるのは、社会福祉協議会、通称「社協」が開設する災害ボランティアセンターである。ここに所属するスタッフが、被災地の要望を踏まえて、ボランティアの配置や役割分担を決めるのだ。

先月、結子が行った時点では、海野市の市街地は津波で瓦礫の山と化していた。社会福祉協議会のスタッフも犠牲になったかもしれない。ボランティアを受け入れるどころではなかったはずだ。

それが、ようやく……胸を撫で下ろした結子だったが、話が見えない。

「海野市が個人ボランティアを受け入れることと町長の話に、なんの関係があるんです？」

「取材に行ったからわかると思うが、海野市は壊滅状態だ。とても大人数のボランティアを宿泊させられる施設はない。そこで海野市の社協から、うちの町に宿泊場所を用意してもらえないかと打診があった」

「なるほど」

高宝町は隣の自治体で、海野市に較べれば被害が軽微だったのだから、妥当なお願いではある。

しかし、まだ話が見えない。そもそも、

「うちの町にだって、宿泊施設はそんなにありませんよね。ひょっとして町長は、町の人たちにボランティアを泊めてもらおうと考えているんですか？」

田舎で広い家が多いので、手をあげてくれる町民はいるかもしれない。それでも、受け入れられる人数にはかぎりがあると思うのだけれど。ただでさえ、避難している人を受け入れている家もあるのだし……。

戸惑う結子に、鬼庭は首を横に振った。

「そうじゃない。高南中の校舎を臨時の宿泊施設にできないかと考えているんだ」

「……それは、とてもいいアイデアですね」

笑みを浮かべたつもりだが、うまくできた自信はなかった。

高南中こと高宝南中学校は、少子化の影響で十六年前に廃校になった。予算の関係で校舎は解体されず残されていたが、昨年、ある人物がこの校舎を町民の集いの場に生まれ変わらせるプロジェクトを立案。現在はブックカフェなどのお店が出店されていて、狙いどおりににぎわいを見せている――らしい。

結子は、去年の年末からこの場所に行っていないので、にぎわっているという話は糸島美里に教えてもらった。彼女が料理教室を開いた場所が、この校舎なのだ。

「そうだろう？　我ながら、いいアイデアだと思うよ」

頷く鬼庭の笑顔も、明らかにぎこちなかった。

「しかしあの校舎と我々の間には、ちょっとした因縁があるじゃないか」

「我々……そうですね」

いつもなら鬼庭と一緒くたにされることは心外だが、この件に関しては間違っていない。

高南中プロジェクトを率いていた人物――高南中の校長を務めたこともある仲宗根《なかそね》重守《しげもり》は、町民にプロジェクトのことを知ってもらうため『こうほう日和』で取材してほしいと頼んできた。喜んで引き受けた結子は、一大特集を組んで広報コンクールに出品しようと考えた。

廃校舎を蘇らせようとする町民を取材しているうちに胸が熱くなり、コンクールで優勝を狙えるという手応えをつかんだし、町外の人にもプロジェクトのことを知ってほしいと思うようにもなった。

しかしこのプロジェクトには、次期町長の座を左右する陰謀が隠されていたのだ。なんとかそれを見抜いた結子だったが、『こうほう日和』には第二特集という形で大幅にページ数を減らして掲載せざるをえなくなった。伊達が密かに進めていた企画を第一特集にしたので、結果的にはよりクオリティーの高いものをコンクールに出品できたものの、結子にはわだかまりが残った。

鬼庭は、中学時代の恩師であった仲宗根に裏切られたという事実を知ることになった。

「校舎を管理しているのは仲宗根先生たち高南中プロジェクトの関係者だが、所有しているのは町だ。こちらから一言言えば、ボランティアの宿泊施設として使用することはできる。先生たちだって、嫌とは言わないだろう。だが、すんなり受け入れてくれるかどうかはわからない」

「……まあ、そうでしょうね」

「だろう？　仮に受け入れてくれたところで、ボランティアを歓迎するかどうかもわからない。いや、表面上は歓迎するだろうが、ぎすぎすした雰囲気が伝わってしまったら、せっかく来てくれた人たちに申し訳ない。そこで、新藤の出番だ」

　ようやく話が見えたのと同時に、嫌な予感がした。

「単にボランティアに宿泊場所を提供するだけではない、なごやかに迎え入れてほしいと、先生を説得してきてくれ」

「無理ですよ」

　結子が首を横に振っても、鬼庭はとまらない。

「当事者である私か新藤が話した方が、先生のわだかまりも解けるだろう。だから、頼む」

「だったら町長が行けばいいじゃないですか」

「先生と話をするのは気まずい」

「わたしだってそうです！」

　拒否する意思を示すため立ち上がる。

「そういえば町長は、高南中の校舎を避難所に指定しませんでしたよね。まさかとは思うけど、仲宗根先生と話をするのが気まずいからですか？」

「さすがにそれはない。出店者と調整をしている時間がないから、ほかの小中学校にしただけだ」

「今回は調整する必要はなさそうですから、ぜひ先生とお話ししてきてください」

結子が踵を返す前に、鬼庭は机に両手を突いて頭を下げた。

「新藤には悪いと思う。だが先生から見れば、自分が奪おうとした町長の座にいる私よりは君の方が、まだマシだとも思う」

――そんなことないですよ。仲宗根先生にとってわたしは、よそ者なんですから。

そう続けそうになった。仲宗根とその関係者が結子に抱いていた感情は、伊達にしか話していない。鬼庭に教えれば、たぶん引き下がってくれる。

しかし頭を下げたまま微動だにしない鬼庭を見ているうちに、結子はこう口にしていた。

「町長が、そこまで言うのでしたら」

4

「町長の話は、たいしたことじゃありませんでした。『こうほう日和』に自分の写真を載せるスペースをつくれと命令してきただけです。ナルシストな人ですよね、本当に」

広報課の応接スペースで待ってもらっていた片倉に、結子は笑顔で嘘をついた。片倉には、仲宗根が企てていた陰謀について一切話していない。『こうほう日和』で特集予定だった高南中プロジェクトのページ数が大幅に減った理由も「先方の都合」で押し通してある。

片倉は信頼できる仕事仲間ではあるが、日京新聞というマスコミ関係者だ。町長の座を巡る暗闘があったことを教えられるはずがなかった。

当然、鬼庭に押しつけられた仕事についても話せない。

片倉は結子の目を覗き込むように見つめてきたが、すぐに「そうですか」と頷くと、「では先ほどの取材に関して、なんでも訊いてください」と言ってくれた。

二日後。ゴールデンウィーク明けの五月六日。

昨日一日頭を捻ってもうまい話の持っていき方を思いつかなかった結子は、出勤後、何度も息を吸い込んでから、机に置いた電話機に手を伸ばした。

――ボランティアを泊めてほしいとお願いして、さっさと電話を切るだけだから。

そう強く思って、仲宗根の番号をプッシュする。呼び出しのコール音が鳴り続ける間も、繰り返し息を吸い込む。

〈もしもし〉

何度目かのコール音が途切れ、受話器から声が聞こえてきた。たった四音しか発していないのに、包み込むような心地よい声音だと感じる。聞き違えるはずがない、仲宗根の声だった。

「ご無沙汰しております。高宝町役場広報課の新藤です」

〈ああ、どうも〉

仲宗根は変わらぬ声音で返したものの、それきり黙った。結子もなにも言えず、沈黙が流れる。仲宗根が美声なだけに、鼓膜に突き刺さるような沈黙だった。

「実は、ボランティアについてご相談したくてお電話しました」

電話をかけたのはこちらなので、意を決して切り出す。

〈ボランティア？〉

「はい。海野市で、個人ボランティアを募集しているんですけど――」

〈それが高宝町と、なんの関係が？〉

「海野市には、宿泊施設がなくて――」

〈うちの町にだってないでしょう〉

「直接お会いして説明したいので、お時間をいただけないでしょうか」

たまりかねて、結子は言った。仲宗根の顔が見えないので、話を進めづらい。電話だけで済ませた方がお互いのためだと思っていたが、顔を合わせて話した方がいい。

〈よくわかりませんが、新藤さんがそう言うのなら……〉

仲宗根は訝しみつつも応じて、今日の午後一時に高南中の校舎で会うことになった。

受話器を置いてから、窓際の伊達の席に目を向ける。今日は山之内と町を見て回るので午後からの出勤になるというメールが、朝一で来ていた。

――震災後のいまの記録を残すためにも、伊達さんの力がどうしてもほしいのに。手伝ってくれない理由を突きとめたいのに。

ため息を呑み込み、六月号の原稿を書き始める。


午後一時。結子は高南中を訪れた。ここに来るのは、およそ五ヵ月ぶりだ。

二階建ての校舎を見上げる。相変わらず、白く塗られた外壁が美しい。五月の穏やかな陽射しを全面に浴びているので、余計にそう見えるのかもしれない。高南中プロジェクトの一環で補修工事も行われたからか、震災で傷んだ箇所もないようだ。

いくつかの窓の向こう側には人がいて、話をしたり、笑ったりしているのが見えた。都会にある、イベントもなにもない平日の、開店直後のショッピングモールを思わせる。ショッピングモール側からしたら閑散としている時間帯だろうが、高宝町にしてはかなりにぎわっている。

グラウンドに立ち尽くしたまま、校舎を見つめる。

プロジェクトの裏に陰謀なんてなかったら、わたしはここに足繁く通って、『こうほう日和』でも繰り返し取り上げていたかもしれない――不意に「もしも」の世界が浮かんでしまった直後、頭を強く横に振った。意識して大きく足を踏み出し、校舎に入る。

事前に知らされていたとおり、仲宗根は、昇降口を入って左手にある部屋にいた。かつて職員室として使われていた部屋だと聞いている。

「久しぶりですね、新藤さん」

面と向かって耳にすると、仲宗根の声は独特の心地よさがあると改めて思った。今朝電話したときの沈黙どころか、仲宗根との間に生じた対立すらなかったかのような錯覚を抱きそうになる。

結子がなんと返していいかわからないでいると、仲宗根はそのままの声で続けた。

「高宝っ子でもないのに、震災の後も新藤さんがこの町に残るとは思いませんでした。さっさと東京に帰ってしまうものだとばかり」

仲宗根は、なんの悪意もなく言ったのだろう。善意を込めたつもりでさえいるのかもしれない。

しかし結子の胸には、痛みが走った。

これまでも「高宝っ子」という言葉を思い出す度に同じようになったが、直接鼓膜を揺らされたいまの痛みは別格だった。

仲宗根が高南中プロジェクトを隠れみのに陰謀を進めていたのは、鬼庭から町長の座を奪うことだけが目的ではない。高宝町で生まれ育った町民――「高宝っ子」ではない結子を追いやることも、狙いの一つだったのだ。

要は、結子がよそ者のくせに町の広報紙をつくっていることが気に入らなかったのだ。

仲宗根もその仲間たちも「そんなつもりはない」と否定するだろうが、この一件で結子は、町民を愛して『こうほう日和』をつくる自信を失った。

自分のことをこんな風に思っている町民を愛するなんて、とてもできない。

――どうして伊達さんは、すべての町民を愛することができるんだろう。自分がつくった広報紙をばかにされたことだってあるのに……。

「……仕事を放り出すわけには、いきませんから」

結子が胸の痛みを消せないまま笑顔をつくると、仲宗根は「すばらしい！」と声を大きくして言ってから、長机の傍に置かれた椅子を右手で指し示した。

「おかけください」

一礼して腰を下ろした結子の前に、仲宗根は冷蔵庫から取り出したペットボトルのミネラルウォーターを置く。次いで、結子の斜向かいに座って切り出した。

「それで、ボランティアというのは？」

「この校舎を、ボランティアの宿泊施設として使わせてほしいんです」

その一言を皮切りに結子が事情を説明すると、仲宗根は腕組みをした。

「それは構いませんが、一つ確認させてください。我々が管理しているとはいえ、この校舎は町が所有している物件です。『ボランティアの宿泊施設として使う』と電話一本かけてくれば、我々は従うしかない。それなのにわざわざ役場の職員が、しかも新藤さんが来たのは、鬼庭くんが私との間に起こった一件を気にしているからではありませんか？」

「それは……」

こんな直球の質問をぶつけられるとは思わなかった。結子が答えに詰まっていると、仲宗根は広い肩を揺するようにして笑う。

「図星のようですね。鬼庭くんのことです。大方、私が宿泊施設として使うことを承諾しても、不機嫌な態度を取ってボランティアのみなさんが不愉快な思いをするかもしれないと案じているのでしょう」

「……まあ、そうですね」

町長のことをよくわかっているな、と思いながら認める。

「やはりですか。では、鬼庭くんに伝えてください。『未曽有の大災害が起こった後なのだから、高宝っ子以外の力も借りないと乗り切れない。喜んで宿泊施設として使ってもらいますよ』と」

「高宝っ子以外の力、ですか」

自分がどう感じているのかわからないまま訊ねる結子に、仲宗根は大きく頷いた。

「海野市を助けてあげたいところですが、高宝っ子だけではどうしようもない。部外者の力が絶対に必要でしょう」

「なるほど」

ペットボトルのキャップを開けた結子は、ミネラルウォーターをゆっくりと喉に流し込んだ。そうしながら、いまの仲宗根の言葉を思い返す。

仲宗根はなんの疑問も持っていないような口調で「高宝っ子以外」「部外者」と口にした。きっと仲宗根にとっては、どれほど長く町の内側ですごしても、どんなに町に貢献しても、高宝町の外で生まれ育った人はいつまで経ってもよそ者なのだろう。

でもほかの自治体を助けるためには、よそ者を受け入れることになんの躊躇もない。

ペットボトルを口から放し、長机にそっと置く。半分ほど残ったミネラルウォーターが澄んでいて、一点の曇りもないことにいまさら気づいた。

仲宗根重守という人が、このミネラルウォーターとは違うことにも。

「……先生だけじゃない、この町には、自分たちだって被災したのに、困っている人たちの力になろうとする人がたくさんいるんですね」

海野市で炊き出しをしていた糸島美里たちの姿が、自然と思い浮かんだ。仲宗根は、彼女たちとは違う。震災がなかったら、高宝っ子以外の力を借りようなどという発想は抱きもしなかったに違いない。こんな町民を、伊達のように愛せる自信はどうしても持てそうにない。

それでも仲宗根のことも含めて、こう思った。

「すてきな町ですね」

仲宗根が微苦笑を浮かべる。

「他人事のようですね、広報課なのに」

意味がわからなかった。顔つきと口振りからして、嫌味や皮肉を言われたようには思えないが……。

結子が発言の意図を訊ねる前に、仲宗根は立ち上がった。

「少し校内をご案内しましょう。宿泊場所として使える教室がどれだけあるか、鬼庭くんに報告してほしいですから」

校舎内を案内されて結子が驚いたのは、一階の教室が七割近く埋まっていることだった。

「十二月号で、ページ数は少ないながら高南中プロジェクトのことを特集してもらったでしょう。あの後、申し込みが一気に増えましてね。ほかの街から連絡をくれた人もいるんですよ。震災の後は来ていない人もいますが、落ち着いたらまた戻ってきてくれるはずです」

　廊下側の窓から覗くと、ゲーム機がつながれたテレビが数台置かれた教室や、派手な色彩で描かれた絵が並べられた教室、ラジコンカー――いや、小さいからミニ四駆というのだろうか――のサーキットが設置された教室など、結子が最後に来たときにはなかった光景がいくつも見られた。

「二階の教室は、まだ空きがあります。特に図書室だった部屋は、広すぎて使い勝手が悪いせいか申し込みがない。ボランティアの人たちには、そちらに寝泊まりしてもらうのがいいかもしれませんね」

　仲宗根に先導され、二階に上がる。空いている教室を横目で見ながら、旧図書室に入った。本棚も本もすべて撤去された室内はがらんとしていて、正方形の板が敷き詰められた床が存在感を放っている。確かにこれだけ広いと、なにに使っていいかわからないだろう。

　でも、宿泊場所としてはうってつけだ。

「先生のおっしゃるとおり、ここがいいかもしれませんね。銭湯を使ってもらえば、お風呂もなんとかなりますし。ありがとうございます」

　結子が室内を見回していると、窓の外、向こう正面の遠方にそびえ立つ山が視界に入った。高宝山だ。

高南中は町の南、高宝山は北に位置している。両者の距離は、およそ十キロ。それほど高くない山だと思っていたが、こうして眺めると意外なほど存在感があった。周囲にほかに山がないので、そう見えるだけかもしれないが。

通常、この季節の高宝山は草木が生い茂ってこんもりとしているが、いまは違う。山腹は、赤い土が剝き出しになっている。崖崩れが起こった跡だ。

「ここから高宝山が見えるんですね。震災の前は、あんな姿じゃなかったんだろうな……」

伊達に見せられた「ぐしゃっ」となった聖地の写真を思い出しながら呟く。

「そうですね。あんな姿になってしまって、本当に残念です。伊達くんも、さぞ無念でしょう」

ええ、と相槌を打ちかけたところで、結子は首を傾げた。

「伊達さんが無念って、どうしてです？　『ラブクエ』が好きだからですか？」

「ラブクエ？　ファンがこの町に来るきっかけになった、ゲームの名前でしたっけ？　それがどうかしたんですか？」

質問に質問を返されてしまった。どうやら『ラブクエ』は関係ないらしい。なら、どうして伊達さんが無念なの？　戸惑っていると、仲宗根の方も首を傾げた。

「もしかして、知らないのですか？　伊達くんは——」

5

広報課に戻ると、伊達はパソコンに向かっていた。山之内と町を回っていたからだろう、今日も青い作業服を着ている。

「お話があります」

結子は「戻りました」の一言も言わず、一直線に伊達の前まで行って告げる。顔を上げた伊達は「おやおや」とおどけた声を上げた。

「せっかちですね、新藤くん。お急ぎでしたら、いまここでどうぞ」

「いえ、会議室でお願いします」

後ろから、茜が驚く気配が伝わってきた。震災が起こってからご無沙汰しているが、結子と伊達は日常会話の延長線上で、この場で会議を始めることが多いからだろう。じっくり話し込む場合でも、せいぜい応接スペースに行くくらいだ。会議室を使ったのは、数えるほどしかない。

そのうちの一回は——茜は知らないが——仲宗根の陰謀に関する話をしたときだった。

「会議室ですか。いつになく真剣ですね、新藤くん。少しこわいですよ」

伊達はおどけたまま席を立ち、会議室に向かった。後に続く結子に、茜が心配そうに声をかけてくる。

「私は一緒に行かない方がいい？」

「そうだね。伊達さんと二人きりで話したいの。ごめんね」

結子は茜の方を見ることができないまま返して、広報課を出た。いつもの茜なら「伊達さんと二人きりがいいだなんて！」などとはしゃぎそうだが、今日は無言だ。

広報課の隣にある小会議室に入る。大人が四人も入れば一杯になる広さしかないが、防音が割としっかりしているため、ほかの課の人たちはよく使っている。

テーブルと椅子、ホワイトボードしかない空間で、伊達と向かい合って座る。

「さて、お話というのは？」

今日も伊達は、黒縁眼鏡をかけていなかった。そのことにいまさら気づいたのは、眼鏡をかけていない顔を完全に見慣れてしまったからか。最近はずっと作業服を着ていて、スーツ姿もほとんど見ていない。

裸眼の伊達は、やはり目つきが鋭いと感じた……いや、いまは本当に鋭くなっている？

――話したいのは、いまの伊達さんと『こうほう日和』のことです。

その一言を皮切りにすぐさま本題に入りたかったが、言葉が喉から先に上がってこない。

「新藤くん？　どうしました？」

「もしかしたら伊達さんは、わたしの上司ではなかったのかもしれないんですよね」

　結子は咄嗟に、別の言葉を捻り出した。直後に自分が情けなくなったが、遠回りではあっても本題と無関係なわけではない。

「どうしたんですか、藪から棒に？」

「仲宗根先生から聞いたんです。伊達さんは二年前――わたしがここに就職した年、本当は土木整備課に異動して、課長になる予定だったんですってね。でも町民に読まれなくなってしまった広報紙をなんとかしたいという町長の意向で、土壇場で異動先が広報課になったそうじゃないですか」

　伊達の目が、少しだけ広がった。

「仲宗根先生が、そんなことまで把握していたとは。その話を先生に教えたのは、土木整備課の山之内さんではありませんか？」

「そうみたいです」

「やはりですか。彼は僕より四つ年上で、中学のときは仲宗根先生のクラスだったそうですからね。かなりお世話になったと言っていたから、いまも連絡を取っているのでしょう」

　去年の九月、結子が土木整備課に原稿を取りにいったときのこと。課員たちは伊達について「今年度からうちに復帰するって噂もあったのに」「大学で土木工学を勉強していたから、そういう方面の仕事を期待されてるんでしょ」などと言っていた。

なにを勝手なことをと思ったが、あながち的はずれではなかったようだ。

「町長から広報課の話をされるまで、伊達さんは土木整備課に異動になることを喜んでいたそうですね」

「それはそうですよ。二十代のとき土木整備課から飛ばされて、二度と戻ることはないと思っていたのですから」

「飛ばされたって……なにかしたんですか？」

「去年の春でしたか。羽田くん、片倉さんと飲んだとき、僕が若いころから自分の考えを押し通してきたので、幹部陣の間で評判が悪いという話をしたことを覚えてますか」

「はい」

去年の三月、人事異動が発令されてお疲れさまということで、居酒屋で飲んだときに出た話だ。

あのときは、まさか一年後にこんな大きな地震が起こるなんて想像もしていなかった――目の前に伊達がいることを忘れて息が苦しくなったが、それは一瞬のことだった。

ふとした拍子に三月十一日の記憶が蘇ることには、もう慣れている。

「土木整備課でも考えを押し通したんですか」

「ええ。直属の上司が、町内の土木建築業者と癒着して、やりたい放題だったんです。しかもこの業者は当時の町長の親族だから、誰も逆らえなかった。町長は町長で豊富な資金をバックに、ほぼ独裁者でしたからね。若かりし日の僕は、全員まとめて許せなかった。ですから、ひとまず違法献金の証拠をつかんでマスコミにリークして、一網打尽にしたんです」

「『ひとまず』でするようなことじゃないでしょう！」

結子が思わず大きな声を出すと、伊達は「そういうツッコミを待っていました」と笑った。若いころの武勇伝を誇っているわけでも自慢しているわけでもない、適度に力の抜けた笑い方だった。

「いろいろと面倒だから、リークしたのが僕だとばれないように細心の注意は払いましたよ。リークされた側は僕の仕業《しわざ》だと見抜いていましたが、証拠を見つけることはできず悔しがっていました。とはいえ、当然のように土木整備課からは異動させられた。大学で土木工学を学んだ身としては、一年しかいられなかったことは不本意でしたね」

田舎の役所には、一つの部署から何年も異動しない、専門職のような公務員も稀にいる。伊達が土木整備課でそうなっていてもおかしくはなかった……というより、本人も周囲も、そうなることを期待していたのかもしれない。

「その後、僕はあまり人がやりたがらない、厄介な部署に回されることが増えました。上としては僕が音を上げて、退職することを望んでいたのでしょう」

伊達は出世が遅かったらしいが、裏にはそんな事情があったのか。

「十七年前、広報課に配属されて『こうほう日和』を担当することになったのも、僕に退職してほしかったからです」

「広報課は忙しくて『役場内でアンケートを取ったら行きたくない部署ナンバーワン』と茜が言ってましたもんね」

「それもありますが、鬼庭くん——当時は町長ではなかったので、こう呼びますが——の後任という理由の方が大きかったんですよ」

「どういうことです？」

「鬼庭くんは『こうほう日和』のクオリティーを上げて、広報コンクールで自治大臣賞——いまの総務大臣賞を受賞しましたからね。後任にかかるプレッシャーはすさまじい。上の人間は、僕がそれにつぶされることを願ったんです。ご希望に沿うことはできませんでしたが」

プレッシャーにつぶされるどころか、伊達は広報コンクールで自治大臣賞を超える、内閣総理大臣賞を受賞してしまったのだ。それも、二回も。伊達をやめさせたがっていた人たちは、頭を抱えたに違いない。

「そうこうしているうちに幹部陣が代替わりして僕を嫌う人は少なくなり、土木整備課に戻ってほしいという話も出るようになりました。高宝町のインフラは老朽化が進んでいますからね。抜本的な補修計画が必要であることは、以前から議題に上がっていました。僕自身、計画を立てるべきと上に進言したこともあります。そんなときに、土木整備課に異動の内示が出たのです」

なるほど。そういう状況なら、喜んだこともわかる。

「伊達さんは喜んでいたけど、広報課に行くよう命令してきたんですよね、鬼、庭、町、長、が」

最後の一言に力を込めた結子だったが、伊達は首を横に振った。

「厳密には違います。確かに、僕を広報課に回すべきと強硬に主張したのは町長です。当時、彼は町議会議員に母親を『豚』と呼ばれたことに腹を立てて『猿』と言い返してほかの議員の反発も買い、出直し選挙も考えていました。その一方で、僕を広報課に異動させるよう人事課にかけ合っていたのです」

「辞職しそうなときにですか？」

「僕も驚きました。町長にとっては広報紙のクオリティーを上げることが、それだけ重要だったということでしょう。広報紙がよくなって街がよくなった例は、たくさんありますからね」

鬼庭の広報紙への愛情と信頼が、改めてよくわかった。でも、

「やっぱり伊達さんが土木整備課ではなくて広報課に異動になったのは、町長の命令じゃないですか」

「ですから、違うんです。僕はしがない宮仕えの身。上からの命令とあれば、土木整備課だろうと広報課だろうと、どこにでも行くつもりでした。でも町長は土木整備課の意見も聞いた上で、異動先を僕に選ばせたんです」

ということは、伊達が広報課に異動になったのは……。

「迷いましたが、広報紙をなんとかしなくてはという思いは僕も抱いていたので、広報課を選びました。とはいえ、あのころの町長は、広報紙をよくできないなら廃刊にした方がいいと考えていた上に、僕の意見を聞いておきながら反発していたから、一筋縄ではいきませんでした。僕はそれを、策を駆使して乗り越えたのです。広報課への異動は町長の命令ではない、僕の意思以外の何物でもありません」

伊達が『こうほう日和』は必要だと主張したら鬼庭は廃刊にしかねないので、敢えて不要論をぶって広報課に戻った――以前、伊達からそう聞かされたことがある。

それでは、広報課に異動になったのは鬼庭の命令とは言えない……この後で伊達が口にす

るであろう言葉を予想して、結子は奥歯を噛みしめる。

伊達は、軽く息をついた。

「この選択を僕が後悔していることも、仲宗根先生から聞いているようですね」

「……はい」

答えるまでに間が空いてしまったが、結子は続ける。

「二年前、土木整備課に異動になっていたら、自分は絶対に補修計画を立案していた。二年間でどれだけのことができたかわからないが、少しは工事が進んでいたはず。そうしたら、地震の被害を減らすことができた——山之内課長に、そう話したそうですね」

伊達は、大袈裟に天を仰いだ。

「山之内さんがこんなに口が軽いと知っていれば、話さなかったのですが」

＊

先ほど、高南中校舎の旧図書室で。

「もしかして、知らないのですか？　伊達くんは前々から高宝町の地盤を徹底的に調査して、それに基づいた補修計画を立てるべきだと言っていたんですよ」

その一言を入口に、仲宗根は結子に説明を始めた。

高宝町の地盤は、半世紀近く前に一度調査されたきりだ。当時の技術では正確性に限度があったし、現在に至るまで新たな活断層が多数発見されている以上、再調査する必要がある。それを踏まえ、修復するインフラに優先順位をつけて計画を立てるべき――伊達は上に、そう進言していた。

その調査対象には、高宝山も含まれていた。

「伊達くんは、二年前、自分が土木整備課に行って調査を実施していたら高宝山の崖崩れリスクの対策をして、被害を食いとめられたかもしれないと後悔している――山之内くんから、そんな話も聞きました」

仲宗根の目が、窓の向こう、遠方に見える高宝山に向けられる。

「もちろん、伊達くんが被害を食いとめることができたと思っている場所は高宝山だけではない、町内の方々にあるでしょう。でもあの山が、一番目立ちますからね」

仲宗根の話を聞きながら、結子も視線を高宝山に向ける。

「いまの高宝町役場には、伊達くんのように専門知識を持った人はいません。だからでしょう、補修計画をどうするかは宙ぶらりんになってしまった。予算がつかなかったという事情があったとはいえ、そこまで危機感を持つ人もいなかったのでしょう。『もし自分が異動していれば』と伊達くんが考えてしまうのも無理はない」

「伊達さんは」

結子の言葉は、そこでぷつりと途切れた。自分でもなにを言いたいのかわからず、そのまま高宝山を見つめ続ける。

剝き出しになった赤い土が、山から流れ出た血の塊に見えた。

*

「新藤くんも、普代《ふだい》村の防潮堤と水門のことは知ってますよね」

「はい。最近、ニュースになってましたから」

なかなか本題に踏み込めないと思いつつ、結子は頷いた。

普代村では、一九六七年、当時の村長である和村幸得《わむらこうとく》主導のもと工事が進められた、高さ十五・五メートルの防潮堤が完成した。その十七年後、一九八四年には、同じ高さの水門が完成している。

村民からは「大きすぎる」「予算の無駄遣い」などと反対の声も上がったが、和村は明治時代、普代村が十五・二メートルの津波に襲われたという記録が残っていることから、この高さにすることを譲らなかったらしい。

今回の震災では、この防潮堤と水門が津波を食い止め、普代村が被害を受けることはなかった。

「あの二つが完成するまで、二十年以上の月日がかかっています。二年前、僕が土木整備課に行ったところで、できたことは高が知れていた。それに高宝町の犠牲者は、家屋倒壊によるものがほとんど。そんな人たちまで救えたと思うのは、おこがましいにもほどがある。それでも、どうしても責任を感じてしまうんですよ」

伊達は、口の端を無理やり持ち上げるようにして笑みを浮かべた。

「ですから僕自身の意思で、山之内さんたち土木整備課の人たちと町内を回って、復興工事の計画に協力しているんです。回れば回るほど町が受けた被害を目の当たりにして、責任を痛感していますけどね。道路一つ取っても、補修工事をしていれば集落の孤立を防げたのではないか、などと考えてしまいます」

あんなに大きな地震が起こるなんて誰にもわからなかったんだから、伊達さんが責任を感じる必要なんてありません——声を大にしてそう言いたいのに、唇が半開きになったまま固まってしまう。

「こんなことを言われても、新藤くんだって困りますよね。失礼しました」

伊達は、軽く頭を下げた。

「いまの僕は、こういう状態です。ですから、広報紙はつくれない」

え、とかすれた声が、結子の喉から漏れ出た。伊達は、わざとらしく目を丸くする。

「新藤くんはそれを確かめたくて、僕をこの部屋に連れてきたのではありませんか？」

――気づかれていた上に、気を遣わせて伊達さんに言わせてしまった。

歯噛みした結子は伊達を真っ直ぐ見つめて、固まっていた唇を動かした。

「そうです。伊達さんは、土木整備課ではなく広報課を選んだことに責任を感じて、『こうほう日和』にかかわることを避けているのではないか？　それを確認させてほしかったんです」

本当は確認するまでもなく、答えはわかっていた。もっと早く気づくこともできた。

三月下旬。四月号の『こうほう日和』で震災の特集をやりたいという決意を、伊達に伝えたとき。

即断で背中を押してくれると決めつけていたのに、伊達は、自分より鬼庭に話をするように言った。前代未聞のことなので結子の責任問題になっては困るから、というもっともらしい理屈をつけてはいたが、なんだか伊達らしくない気がした。

いま思えば、『こうほう日和』とかかわることを避けるため、鬼庭を口実に使ったのだ。特別号を一緒につくってほしい、という結子のお願いを「手伝えません」と断ったのも、同じ理由。

おそらく鬼庭は、伊達の本心を早々に見抜いていた。だから三月下旬、結子が伊達に言われて直談判しに来たことを確認すると「なるほど」と口にしたのだろう。

結子は、息苦しさを覚えながら言葉を継ぐ。

「ずっと眼鏡をかけていないのも、『こうほう日和』を避けているからですよね」

漫画のキャラクターのようにフレームの太い黒縁眼鏡は、レンズに度が入っていない伊達眼鏡。取材相手に「目つきがこわい」と言われてから安心してもらうためかけるようになって、広報課から異動になった後もかけ続けた、伊達にとって広報マンであることの象徴だ。

それをかけるのをやめた時点で、伊達さんが『こうほう日和』にかかわることを避けているのは明らかだったんだ——自分の察しの悪さに、子どものように地団駄《じだんだ》を踏みそうになる。

一方で、仕方がないという思いもあった。

伊達輝政は、自治体広報紙の存在すらよく知らなかった結子に〝広報する喜び〟を教えてくれた人なのだ。

そんな人が『こうほう日和』を避けているなどという発想を抱けるはずがない。

伊達は、右手の人差し指で目許に触れた。

「眼鏡は、かけていないというより、かけられなくなったんですよ。崩壊した聖地を見にいってから、あの眼鏡をかけると動悸がするようになりました」

言われてみれば伊達が眼鏡をかけるのをやめたのは、三月十四日、志願して高宝山の様子を見にいった後からだ。

「震災の被害を目の当たりにして、土木整備課を選ぶべきだったという思いが強くなってしまったのでしょう——ああ、誤解しないでください。僕は広報紙づくりを軽く見ているわけではありません。すばらしい仕事だと、いまも思っていますよ。新藤くんにはこれからも、町民にすごいと思ってもらえる『こうほう日和』をつくり続けてほしい。でも僕に関しては、土木整備課でできることがあったと思ってしまうんです」

「伊達さんが土木整備課に行っていたら、高宝町《うち》の広報紙は廃刊になっていたかもしれないんですよ」

「僕が口出ししないで町長に任せていても、案外、なんとかなったかもしれません。その場合、新藤くんの指導係は町長になっていた可能性はありますが」

「あの人に指導されていたら、わたしは東京に帰ってました」

「僕が指導してても帰ろうとしてましたよね？」

「それは……で、でも、こうして残っているじゃないですか！」

結子が口ごもりながらも言い返すと、伊達は「ははは」と朗らかな笑い声を上げた。震災前、伊達とよくこんな風に会話していたことを思い出す。

でもあのころと違って、伊達の笑い声がやむと、二人そろって口を閉ざしてしまった。

窓の外から、鳥――オオルリだろうか――のきれいな囀《さえず》りが聞こえてくる。

なにか言わないと、と思いながらも言葉を見つけられないでいるうちに、伊達の方が口を開いた。

「こんな迷いを抱えている僕が『こうほう日和』にかかわることは、町民に失礼です。ですから、距離を置いていました。当然、新藤くんと一緒につくることもできません」

一緒につくることもできません――伊達からこの言葉が出てくることも、予想はしていた。

しかし、いざ目の前で本人の口から告げられると、首筋まで熱くなってしまう。気がつけば伊達の顔からは感情が抜け落ち、なにもない机上に視線を落としていた。

――落ち着け。わたしがしたい話は、ここからが本番なんだ。

念じるように思ってから、結子は口を開く。

「確かに伊達さんが土木整備課に行っていれば、防げた被害もあるかもしれません。でも、広報課に来たことで救われた人たちだってたくさんいます」

「おや」

伊達は視線を持ち上げるようにして結子を見て、あるかなきかの笑みを浮かべた。

「まさか、新藤くんに慰められるとは。僕も随分と衰えたものです」

「慰めじゃありませんよ」

結子はきっぱりと言う。

「わたしは震災の後、自分たちだって被災したのに誰かのためになにかしようとする高宝町の人たちに出会って、すてきだと思いました。でも、昔はそこまでする町民は少なかった。伊達さんが『こうほう日和』をつくるようになって変わったと、仲宗根先生から聞きましたよ」

*

「伊達くんが、二年前、広報課を選んだのもわかります。以前、広報紙をつくっていたとき、町民を変えたのですから。広報紙の力を蘇らせようと思って当然です」

高宝山を見つめたまま動けない結子の耳に、仲宗根の声が届いた。言葉の意味を理解できないまま、仲宗根に顔を向ける。

「どう変わったんですか？」

「ああ、これも知らないんですね」

仲宗根は意外そうな顔をした後、独り言のように言う。

「だから新藤さんは広報課なのに、『すてきな町ですね』なんて他人事のように言ったのか。すばらしいことをしたのだから、伊達くんも教えておけばいいのに。妙なところで奥ゆかしいというか、なんというか」

「あの、どういう……」

「ああ、失礼。説明しますね。有り体《あ　てい》に言えば、伊達くんが『こうほう日和』を担当してから、町民にボランティア精神が醸成されたんですよ。かつての高宝町民は、あまりボランティアに熱心ではなかった」

「そうなんですか？」

そんなはずないでしょう、というニュアンスがこもった言い方になってしまった。三月十一日以降、結子が見てきた高宝町民の姿からかけ離れている。

結子には意外なことに、仲宗根は「そうなんですよ」とあっさり肯定した。

「高宝町は、今回ほどではありませんが、これまでにも何度か大きな地震に襲われました。

大雨や巨大台風の被害に遭ったこともあります。でも地域のため、町のためになにかしようという目立った動きはありませんでした。それぞれが個別に、自分のことだけをなんとかしようとしていたんです」

「それが、伊達さんが『こうほう日和』の担当になってから変わったんですか？」

まだ信じられないまま訊ねると、仲宗根は頷いた。

「そうですよ。『こうほう日和』でボランティアの特集を何度も組むことによってね。最初は『ボランティアで上手に得する10の方法』だったかな」

「それはまた、自治体広報紙らしくない特集タイトルですね」

「いま思うとそうですが、私を含め、当時の町民たちはすんなり受け入れましたよ。伊達くん時代の『こうほう日和』は、そういうタイトルが多かったですからね。『美味《うま》いりんごを食わせてくれ！』とか、『それ、私が知ってます』とか」

「なるほど」

本当にお役所の刊行物らしくない、と思いつつも納得する。思えば結子が見た伊達時代の『こうほう日和』のタイトルは、変わったものが多かった。

でも「どういうことだろう？」と気になって、ページをめくりたくなるものばかりだった。

「最初のボランティア特集では、ほかの自治体でボランティアをしている人に取材をしたり、身近にボランティア活動をしている人がいたらどんなメリットがあるかを解説したりしていました。そうした特集を何回か載せているうちに、町内でボランティア組織が結成されたんです。避難所ができたとき、炊き出しをする人も出てきました」

結子が目にした高宝町民の姿と重なった。

海野市に炊き出しに行く前、美里は「こういうときだからこそ、できることがある人はできることをしないとね」と言いつつ、「若いころはそんなこと考えもしなかった」とも言っていた。そういう人は美里だけでなく、周りに何人もいる、とも。

美里たちが変わったのは、伊達がつくった『こうほう日和』がきっかけだったんだ。

昔だったら被災地のために一肌脱ごうなんて思いもしなかった、という善通寺が変わったのも、親になったことだけでなく、伊達が組んだ特集が影響しているのかもしれない。

仲宗根が言うところの「ボランティア精神」は、伊達が『こうほう日和』の担当からはずれた後も残り続けている。『こうほう日和』の影響であると意識されることすらなく、ごく当たり前のものとして。

窓の外に広がる、都会育ちの結子から見たら建物が少なく、植物ばかりの高宝町。一度それを見渡してから、結子は仲宗根に向き直った。

「いいお話を聞かせてもらいました、仲宗根先生。ありがとうございます」

想像もしたくないけれど、おそらく伊達は土木整備課に行かなかったことを後悔していて、『こうほう日和』から距離を置こうとしている。

それでも、いまの仲宗根の話を伝えれば。結子が目にした、美里や善通寺たちの姿を教えれば。

「伊達さんも、きっと勇気づけられるはずです」

＊

伊達の『こうほう日和』がもたらしたものについて語っている間、結子は何度も早口になり、発音が不明瞭になってしまった。その度に息を吸い込んで話し直す。

相槌を打ちながら聞いていた伊達は、途中から目を閉じてなにも言わず、身動きもしなくなった。一見、結子の話を聞き流しているようだが、そんなはずはない。

最後まで話し終えた結子は、震えそうになる声に力を込める。

「伊達さんがつくった『こうほう日和』で変わった町民が、今回の震災でたくさんの人を救ったんです。そして――偉そうな言い方かもしれませんけど――それを受け継いだわたしがつくった『こうほう日和』が救った命だってあります」

伊達の両目の瞼が、わずかに持ち上がった。

「わたしが一番最初に『こうほう日和』をつくったときに取材した三島地区の屋代くんが、孤立した集落の無事を知らせてくれたことはご存じですよね。あの人たちが自主防災会を盛り上げて、防災訓練を何度もしてくれたたから、犠牲者が出なかったことも。伊達さんが広報課に異動になって、わたしを指導してくれなかったら、あの集落の人たちはどうなっていたかわからないんですよ。ほかの集落だって同じです」

伊達の両の眼《まなこ》が、微かに揺れ動いた。

こんな伊達は、初めて見る。

「もしかしたら伊達さんには、震災の被害を小さくするチャンスがあったのかもしれない。でも土木整備課ではなく広報課を選んだことで、食いとめられた被害もあるんです。救われた命だってあるんです。だから」

ありったけの思いを言葉に載せる。

「『こうほう日和』にかかわることを避けないでください。むしろ、もっとかかわって、一緒に『こうほう日和』をつくってください。わたしにはわからないのにこう言うのはおかしいけれど、この町の人たちを愛しているのなら」

結子は両手を膝に載せ、伊達に頭を下げた。自分が伝えたいことは、すべて伝えた。言葉の選択も、話の持って行き方も拙《つたな》かったとは思う。

――でも、わたしに〝広報する喜び〟を教えてくれた伊達さんになら、きっと届くはず。

その思いを胸に頭を下げたままでいると、伊達が静かな声で言った。

「どうやら、僕が衰えたのではない、新藤くんが成長したようですね」

心臓が跳ね上がる。

「そ……そうでしょうか」

口ごもりながら顔を上げた結子に、伊達は大きく頷いた。

「二年前、僕の部下になったときは、ここまで立派になるなんて想像もしませんでした。上司としてはうれしいですし、光栄な言葉をもらったと思います。どうもありがとう」

届いた――顔が綻びかけた結子に、伊達は続ける。

「そんな成長した新藤くんに、本当のことを打ち明けないのは失礼だと判断しました」

言葉の意味が、すぐにはわからなかった。

「……どういうことですか」

わかってからは、強張った声しか出せない。

「今日の夜まで待ってください。本人の意向を確認してからお話しします。新藤くんには好感を持っている様子なので、おそらく話していいと言ってくれるでしょうが」

不可解なことを言う伊達の口許には、力のない笑みが浮かんでいる。
両の眼《まなこ》が揺れ動いたのに続いて、初めて見る伊達だった。

四章

1

五月七日。結子が愛車で高宝町役場まで行くと、職員用の駐車場に伊達が立っていた。ダッシュボードに備えつけられたデジタル時計を見遣る。時刻は、午前九時四十五分。約束の時間までまだ十五分あるのに、先に来ているなんて。

伊達の服装は、クルーネックの白いシャツに、薄茶のカーゴパンツだった。休日とはいえ、こんなカジュアルな恰好《かっこう》をした伊達は新鮮だ。

結子の方は、そこそこフォーマルなパンツを穿き、ジャケットを羽織っている。これから行く場所とすごす時間を考えると、あまりラフなファッションをする気にはなれなかった。

駐車場はがらがらだった。適当なところに車を停めた結子は、急いで降りて伊達に駆け寄る。

「おはようございます、伊達さん。お待たせしてすみません」

「僕が勝手に早く来ただけですから、お気になさらず。では、早速ですが行きましょうか」

結子に背を向けて、伊達は黒い車に乗り込んだ。普通なら伊達の車に乗せてもらうところだが、どちらから提案したわけでもなく、別々に移動することになった。

結子が自分の車に戻り、エンジンをかけるのを確認してから、伊達は車を発進させた。結子はその後に続く。

車の運転が日常生活の一部になって二年ちょっと。交通量の多い道路なら、前の車の後をつけていると「ほかの車に割り込まれたらどうしよう」「信号にひっかかって先に行かれたらどうしよう」などとプレッシャーがかかりそうだが、高宝町ではそんな心配はしなくていい。

伊達は意外と運転が荒く、スピードも随分出していた。

後ろから見たことがないので、知らなかった。

今日の服装といい、きっとわたしが知らない伊達さんがたくさんいるのだろう、と思う。

伊達の車は、曲がりくねった道を進んでいく。結子はその後ろを、離れることなくついていった。一時間ほど走ったところで、城山《しろやま》市に入る。基幹道路が集中しているので、企業やその支社が多く集まっている、L県内では県庁所在地のL市に次ぐ大都市だ。

一昨年の夏、ここの広報マンが高宝町の夏の風物詩、高宝火礼祭《かれいさい》の取材に来たことがある。

あのときのことを思い出している間にも、伊達の車はどんどん進んでいく。しばらく走ってからカーナビを見ると、城山市の郊外に来たようだった。辺りには、大きな家がいくつも建っている。

隣の市のことなので詳しくは知らないが、この辺りは確か、セレブ——と言うほどではないにせよ、ちょっとした富裕層が住む住宅街のはず。

伊達の車が、深緑色の屋根が目を引く、平屋の一軒家の前で停車する。結子がその後ろに車を停めると、伊達がサイドウィンドウから顔を覗かせた。

「この家のガレージに駐車します。新藤くんもどうぞ」

その言葉に従い、伊達が駐車するのを待ってガレージに入る。ガレージは、車が二台並んで駐車してもまだ余裕があるくらい広かった。きれいに掃除されてもいるが、コンクリートにはタイヤの跡がある。普段は別の車を駐車しているが、結子のためにコインパーキングかどこかに移動させてくれたのかもしれない。

車から降りた結子は、伊達に続いてガレージを出た。こうして見ると、伊達の背丈は意外と低かった。女性にしては長身の結子より、少し高いくらいだ。

二年以上部下をしているけれど、そのことを意識したのは初めてだった。

門の前に立つ。庭が広く、玄関まで少し距離があった。表札には藤崎《ふじさき》と書かれている。

「ここですか」

「そうです。ここが、僕の——」

伊達の言葉を遮るように玄関のドアが開き、髪の長い女性が姿を見せた。前髪を上げて、広いおでこを出している。

「お帰り」

女性は無邪気な声を上げ、子どものように駆け寄ってきた。その仕草と小柄であることが影響してすぐにはわからなかったが、傍に来るとうっすらできたほうれい線が目に入った。おそらく、伊達と同世代だ。

女性は結子の方を見てきれいなお辞儀をしてから、伊達に言う。

「忙しいときに帰ってきてくれて、ありがとう」

「お礼を言われるようなことじゃないよ。本当は、もっと頻繁にあおいさんに会いたいんだから」

――伊達さんって、敬語を使わずに人と話せたんですね。

思わず、そう言いそうになってしまう。

女性――あおいは両手に腰を当てて、わざとらしくしかめっ面をした。

「そんなことを言ったらだめ。大変なんでしょ、その……震災の対応で」

最後の一言は、少しだけ自信がなさそうにつけ加えられた。結子の胸に、鋭い痛みが走る。

「そうだね。二ヵ月近く経って前よりはましになったけど、まだまだ落ち着かないね――それで、こちらが新藤結子さん。前々から話している、僕の部下だ」

「初めまして。新藤です」

「あおいです。伊達の妻です」

伊達の妻。昨夜その存在を伊達から知らされてはいたが、本人の口から聞かされても、まだぴんと来なかった。

あおいは、視線を一度手許に落としてから言う。

「伊達から聞いてましたけど、本当にお目々がぱっちりしてますね。しかも、澄み切っていてきれい。うらやましいなあ」

「ありがとうございます。目が大きいとはよく言われますけど、きれいと言われることはあまりないからうれしいです」

心の準備はしてきたので、妙な間が空くことも、言葉に詰まることもなく、普通に返すことができた。

あおいは、再び手許に視線を落としてから言った。

「言われたことないんですか？　信じられないなあ。その辺りのことも含めて、いろいろ聞かせてください。伊達がよく新藤さんのことを話しているから、一度お目にかかりたいと思っていたんです。さあ、どうぞ中へ」

あおいが踵を返して玄関に向かう。「明るくて感じのいい女性」以外の感想は持たなかっただろう。結子と話す前に、手許を——厳密には手許のメモ帳を、逐一見ていなければ。

「一見、わからないでしょう？」

小声で言う伊達に、結子は頷いた。

「そうですね。わかりませんね」

あおいが若年性認知症を患っていることは——。

あおいの後ろ姿を見ているうちに、昨夜の記憶が蘇ってくる。

*

伊達から電話がかかってきたのは、午後九時半を回ってからだった。昼間、会議室で伊達に不可解なことを言われてからずっと悶々としていたので、着信音が鳴った次の瞬間には携帯電話に飛びついた。

「もしもし」

〈伊達です。遅くなりましたが、昼間の話です〉

「……はい」

否が応でも緊張して、声が強張る。

〈結論から言いますと、本人の許可が取れたのでお話しすることはできます。ただし、一つ条件を出されました〉

「なんですか？」

〈この話をするなら、新藤くんに会わせてほしいそうです〉

「それは……嫌とは言いませんけど……」

どこの誰かもわからない相手から「会わせてほしい」と言われても困惑してしまう。伊達は、それを察したように言った。

〈そんなことを言われても困りますよね。ひとまず、僕の話を聞いてください。その上で会いたくないようでしたら、断ってもらって構いません〉

「それだと条件を反故《ほご》にすることになって、伊達さんの立場がなくなるでしょう」

〈問題ありませんよ。彼女は、すぐに忘れてしまいますから〉

すぐに忘れる……ということは、まさか。

「その彼女というのは……認知症なんですか」

おそるおそる訊ねると、伊達は〈はい〉と即答した。

〈厳密に言えば、若年性認知症です。彼女——妻のあおいは、まだ六十五歳になっていませ

んから〉

後頭部を殴打されたような衝撃を受けた。

去年の広報コンクールで内閣総理大臣賞を受賞した『広報わんだ』は、一昨年、認知症をテーマにした特集を掲載していた。その号を読んで得た知識を思い出す。

認知症は、かつては痴呆症と呼ばれており、病気や外傷などが原因で脳の神経細胞の働きが徐々に弱まり、記憶力や判断力といった認知機能が低下する症状を指す。統計的には六十五歳以上の高齢者が発症するケースがほとんどだが、六十五歳未満で発症することもあり、この場合は「若年性認知症」と呼ばれている。

「あおいさんとお会いします！」

半ば衝動的に、結子は言った。

「たとえ忘れてしまうとしても、わたしと会うことが話をする条件なら、会わないわけにはいきません。それだけは、最初にはっきりさせておきます」

伊達の笑い声が聞こえてくる。

〈新藤くんらしいですね。ありがとうございます〉

「お礼を言われるようなことではありません。それより、あおいさんとは、その……どういう……いつから……」

自分でもなにを言いたいのかわからず、一転してしどろもどろになってしまう結子に、伊達は話し始める。

〈あおいとの出会いは、僕が三十歳になる少し前。学校教育課にいたころ、小学生が歩ける道かどうか調査するため、高宝山に行ったときのことでした。彼女はバードウォッチングが趣味でしてね。『ラブクエ』の聖地――当時はそんな呼ばれ方はしていませんでしたが――で熱心に鳥を見つめる姿があまりにもかわいくて、それこそ鳥と一緒に軽やかに飛んでいってしまいそうで、一目惚れしたんです。童顔なので年下だと思い込んでいたら、年上でしてね。そんなところにも魅力を感じました〉

いつもと変わらない口調で、さらりとのろけが口にされた。

こんなときでなかったら、「伊達さんがこんなことを言うなんて！」などと呑気《のんき》に騒げたのに。

〈あおいの職業は書店員で、かなりの読書家でもありました。僕も本は読む方でしたが、彼女には全然敵《かな》わなかった。影響を受けて、それまで読んだことがないノンフィクションや海外文学にも手を出すようになりました。彼女と本の感想を語り合うのは、とても楽しかったですね。ここで培った語彙力は、広報課に異動になってから活かされました。あおいは僕にとって、妻であると同時に人生を変えてくれた恩人ですよ。彼女が被写体になってくれたから、写真の腕もめきめき上がりました。彼女以上の被写体は存在しないので、撮影にも熱が――と、失礼。いつまでものろけているわけにはいきませんから、本題に入りましょうか〉

小さな笑い声が挟まれる。

〈最初の異変は、物忘れが増えたことでした。あおいは結婚してからも仕事を続けていたのですが、本のタイトルを思い出せなくなることが増えたんです。始めのうちは、年齢によるものだと思っていました。当時はまだ三十代でしたが、十代、二十代に較べたら記憶力が衰えて当然ですからね。でもあおいの物忘れはどんどんひどくなって、お客さんや同僚に言われた内容を思い出せないことが増えていった。随分と悩んでいたようですよ。もっとも、僕がそのことを知ったのは、後になってからです〉

「どうしてですか？」

〈そのころ僕は広報紙づくりに夢中で、家にいないことが多かったからですよ。僕がつくった『こうほう日和』をあおいが『おもしろい』とほめてくれたので、ますます夢中になっていました。おそらく彼女は僕に気を遣って、悩みを隠していたのでしょう〉

いまはそのことすら忘れてしまっていますが、という呟きが聞こえてきた。

〈あおいの様子がおかしいことに気づいたのは、人事課に異動になった直後。『こうほう日和』をつくらなくなって、家にいる時間が増えてからです。あんなに読書やバードウォッチングを好きだったあおいがただぼんやりしていることが多いので、最初は鬱病を疑いました。しかしあおいの同僚が、職場での様子がおかしいと僕に相談の連絡をくれたんです。それでまさかと思って、脳神経外科に連れていったら……〉

伊達の声が、震えを帯びた末に途切れた。

認知症の初期症状の一つに、物忘れが激しくなったり、これまでできた行為ができなくなったりすることで自信をなくし、意欲が低下することがあげられる。この状態は鬱病とよく似ているため、認知症だと気づかれないことも少なくないようだ。

伊達は、何度か息を吸い込んでから続ける。

〈信じられなくても、現実を受け入れなくてはいけない。あおいは号泣しましたが、『最後まで楽しく生きたいから力を貸してほしい』と僕に頼んできました。幸い、まだ症状は軽かったし、治療で進行を遅らせることもできる。物忘れ防止のためメモなどを利用すれば、日常生活も送れる。それでもなるべく彼女の傍にいたくて、当時の上司に頼んで仕事を減らしてもらいました。人事課ではそれでなんとかなったのですが、広報課の方はそうはいかなかった。上からは、後任に広報紙づくりを教えてやってほしいと頼まれていたのですが、とても手が回りませんでした。申し訳ないことをしたと思っています〉

ああ、そういうことか。

——だから伊達さんは、『こうほう日和』のクオリティーを引き継げなかったんですね。

伊達が異動になってから、『こうほう日和』はクオリティーが一気に落ちて、典型的な「誰にも読まれないお役所の刊行物」と化した。何年か後にはタイトルも『広報こうほう』という、やる気のかけらも感じられないものになった。

人事異動でクオリティーが左右されるのはお役所仕事の宿命だ。成果物である広報紙は、それが目につきやすい。とはいえ、こんなに広報紙愛にあふれていて、結子を容赦なく指導する伊達がクオリティーを引き継げなかったなんて、釈然としないでいたのだ。

〈ただ、僕が一人であおいの面倒を見ることに、段々と不安を覚えるようになりました。そこでご両親と相談して、あおいと一緒に城山市にある彼女の実家に移ったんです。慣れ親しんだ環境の方が症状の進行を遅らせられるという事情もありました。あおいの姿は高宝町で見られなくなり、僕は彼女の話をしなくなった。そのせいで『伊達は妻に逃げられた』という噂が流れたようですね。新藤くんも、どこかで聞いたことがあるかもしれませんが〉

「ええ、まあ」

聞いた上に事実だと信じ込んでいたのだが、さすがにいまは言いづらい。

「ということは、伊達さんは城山市から役場に通っているんですか」

〈いいえ。二年前、町長に広報課への異動を打診されてから、一人で高宝町に戻りました。

義父が定年後も勤めていた会社を退職して家にいるようになったので、あおいのことを任せられるようになったんです。その分、『こうほう日和』の復活に時間を充てることにしました。もっとも合間を縫って、できるだけ戻るようにはしていましたが〉

「町長の打診を断ろうとは思わなかったんですか？」

〈思いましたよ。でも町長は、あおいのことを知った上で広報紙のことを僕に相談してきたんです。断るのは気が引けました〉

「どうして町長が、あおいさんのことを？」

〈僕が話しましたから〉

伊達は、当然のように答えた。

〈なんのかんので町長は友人で、あおいとも親しかったですから。町内で打ち明けたのは、当時の上司と彼の二人。詳しく話したのは、彼だけです〉

鬼庭が一方的にライバル視していたかと思えば、伊達の方は信頼して妻のことを打ち明ける。そして鬼庭は、伊達の事情を知ってもなお広報紙のことで頭を下げてくる――この二人の関係を、なんと表現していいのかわからない。

「伊達さんは、瓦市の塔本さんにも話してますよね」

〈ええ。長老とは、昔から仲よしですからね〉

長老というのは、塔本のあだ名だ。一部の広報マンには、こんな風にあだ名がつけられているらしい。

ちなみに、伊達のあだ名は「神」。

結子は意地でもそう呼ばないと決めていたが、いまの伊達と話していると、そもそも呼ぼうという気になれなかった。

〈長老が、あおいのことを教えたとは思えません。なぜ新藤くんは、僕が長老に話したと知っているのです？〉

「去年の全国大会の後の飲み会で、伊達さんがどうして広報紙のクオリティーを後任に引き継げなかったのかという話になったとき、塔本さんは急に口調が素面《しらふ》のときに戻ったんです。しかも、自分はクオリティーを引き継ぐことができたという自慢を始めた。いま振り返れば話を逸らした気がするから、伊達さんの事情を知っているのかもしれないと思いました」

〈お見事。以前、僕のことを名探偵だと言ってくれましたが、新藤くんの方こそですよ。そういう洞察力や観察力は、広報紙づくりに必ず活かされる。上司として誇らしい〉

伊達の声に、少しだけ力が戻った。

——『広報わんだ』の認知症特集の話になったとき、伊達さんが『僕には決してつくれない特集』と言っていたのは、あおいさんのことを思い出してしまうからですよね。

これを告げたらさらに誇りに思ってくれるかもしれないが、心の中だけにとどめた。

あのとき、結子が「伊達さんにつくれない特集なんてありませんっ！」と珍しくすなおに尊敬の念を見せても、伊達は無視して話を進めた。

一体、どんな気持ちでいたのだろう。

〈そんな名探偵な新藤くんに、あおいのことを教えた理由は――〉

＊

リビングに通された結子があおいに勧められ椅子に座ろうとすると、高齢の男女が入ってきた。

「あおいの父です」

「母です」

男性は切れ長の双眸《そうぼう》が、女性は小柄な体軀があおいにそっくりだった。自己紹介されなくても、親子であることはわかっただろう。

「新藤と申します。伊達さんの部下で、いつもお世話になっております」

頭を下げる結子に、あおいの両親は頭を下げ返しつつ、どこか警戒するような、さぐるような眼差しを向けてきた。あおいは結子と会いたがっていたらしいが、両親の方はあまり歓迎していないようだ。

「新藤さんとお話しするの、私はとっても楽しみだったのよ」

あおいが笑顔で言うと、両親はそのままの眼差しをしながらも「ごゆっくり」「なにかあったら呼んでください」などと言い残し、リビングから出ていった。

――わたしに気を遣ってくれたのかな、あおいさん。若年性認知症の人に、そんなことができるのかな。

失礼極まりない発想ではあるが、若年性認知症の人と会うのは初めてなので、どうしたってそんな考えが浮かんでしまう。

結子が椅子に座ると、あおいはテーブルに置いてあったティーセットを使って紅茶をいれてくれた。慣れた手つきだった。なんの病気も患っていないように見える。

「若年性認知症に見えないでしょう」

あおいが笑いながら言った。

「そんなこと言われても、新藤くんが困るだろう」

結子の向かいに座った伊達が苦笑いしたが、あおいのあまりにあけすけな物言いに、結子は「そうですね」とすなおに頷くことができた。

結子に紅茶を出したあおいは、伊達の隣に腰を下ろしてから言う。

「紅茶をいれるとか、そういう習慣になっていることは不思議と覚えているんです。でも新しいことを覚えるのが苦手……というより、覚えてもすぐに忘れてしまう。だから記憶しておいた方がよさそうなことは、メモを取るようにしています」

あおいは、先ほどから度々視線を落としているメモ帳を掲げてみせた。

「若年性認知症は、高齢になってから発症する認知症に較べて進行が早いと言われています。それでも、うまくつき合えば社会生活を送ることは充分できる。私だって、最近まで仕事を続けていました。若年性認知症と診断されたからといって、その時点で人生が終わるわけじゃない」

聞いているこちらの背筋が伸びるような、力強い声だった。さすが伊達さんのパートナーだ、と思う。

「新藤さんのことも、目がぱっちりしているとか、背が高いとか、そういう特徴をさっきメモしておきました。でも、申し訳ないけど顔をはっきり記憶することはできないんです」

あおいが、すまなそうに眉根を寄せる。

「だから、たとえば明日、街ですれ違って声をかけられても、すぐには誰かわからないと思います。それでも新藤さんとは、一度会ってみたかったんです。伊達が、あまりにも新藤さんの話をするから」

「そうなんですか？」

できの悪い部下で手を焼いている、という愚痴でもこぼしているのかと思ったが、あおいはこう言った。

「そうなんです。最初は『いまは死んだ魚の方が、まだ覇気のある目をしている。でも、そのうちやる気を出す。僕にはわかる』なんて言っていました。それが半年ほどしたら『思ったとおり化けた』『今月は、なかなかいい広報紙をつくっていた』なんて楽しそうに話すようになって。なんだか聞いているこっちまで楽しくなって、新藤さんのことをぼんやり記憶するようになりました」

メモに視線を落とし、ページをめくりながらではあるが、あおいは流暢《りゅうちょう》に話した。

——伊達さんが、わたしのことをそんな風に……。

信じられないまま目を向けると、伊達は、変わらず苦笑いを浮かべ黙っていた。

「伊達はなにかと『愛』を語るくせにスパルタで皮肉家だから、新藤さんは大変でしょう」

「はい、それはもう」

迷うことなく肯定した。

「最初のころ、原稿を見せたら『新藤くんはエスパーではありませんよね？』なんて言われたこともあります。わたしが書いた文章が独りよがりで、取材した人の気持ちを勝手に決めつけていたことが悪いんですけど、ひどいと思いません？」

「ひどいですね。ほかにはなにかあります？」

あおいは笑っているし、伊達は苦笑したまま黙っているので、ここぞとばかりに「伊達に言われた皮肉列伝」を言い立てた。結子が一つ披露する度に、あおいは「そこまで？」「性格悪すぎるよ、輝ちゃん」などと言って笑う。

楽しかった。

「どうして新藤さんは、広報紙づくりをがんばるようになったんですか？」

そう訊かれたので、二年前の高宝火礼祭の日、伊達がつくった『こうほう日和』を読んだことがきっかけである話をすると、あおいは「さすが私の夫」とにっこり微笑んだ。

本当に楽しかった。

でも。

「新藤さんって、おもしろいし一生懸命な人なんですね。伊達がよく話をするのもわかります。今度、ぜひ聖地にご一緒しましょう」

その一言があおいの口から出た瞬間、自分の頬が引きつったことがわかった。慌てて笑顔をつくり直したものの、すぐにはなんと言っていいのかわからない。

これについても、昨夜、伊達から知らされていたのに。

「そうだね。新藤くんにも一緒に行ってもらおう。あの場所が聖地と呼ばれるきっかけをつくった、立役者だからね。新藤くんは写真が得意だから、風景もあおいさんのことも、きれいに撮ってくれるはずだ」

伊達が満面の笑みを浮かべて言う。聖地がもうないことなんて、まるで知らないかのように。

昨夜の記憶が、再び蘇る。

*

〈そんな名探偵な新藤くんにあおいのことを教えた理由は、守れるものを守れなかった僕の責任の象徴があおいだからです〉

言葉の意味をすぐには理解できなかったにもかかわらず、携帯電話を握る結子の手には力がこもった。

〈僕だけではない、あおいも聖地に思い入れがあります。僕らが出会った思い出の場所ですし、何度も足を運びましたからね。若年性認知症と診断されてからも、よく行っていましたよ。ここに引っ越してからはさすがに足を運ぶ回数は減りましたが、あおいは高宝山の祠そっくりの場所が出てくるゲームを見つけたんです。それが『ラブクエ』です〉

ひょっとして……。

〈伊達さんは、あおいさんと一緒に『ラブクエ』をプレイしていたんじゃないですか。だからほかのゲームのことは知らないのに、『ラブクエ』にだけ、やたら詳しい〉

伊達は、『ラブクエ』のファンから「ラブ」がつくほかのゲームをやったことがあるか訊ねられ、否定したことがある。興味もなさそうだった。『ラブクエ』は熱狂的に好きなのに妙に思ったが、あおいにつき合ってプレイしただけなのなら腑に落ちる。

〈『ラブクエ』は、あおいの刺激になると思って一緒にプレイしました。でも乙女心をくすぐる男性キャラばかりで胸きゅんで、途中からはあおいのこととは別に、僕自身が楽しんでいましたね〉

四十代のおじさんに真剣な声音で乙女心を語られてしまったが、結子の指摘は当たっているらしい。

伊達は、そのままの声音で言う。

〈しかし、もう聖地はありません。もし僕がいまのあの場所にあおいを連れていったら、彼女はどうなってしまうか〉

「あ」

呆けた声が、結子の口からこぼれ落ちた。

〈実は義父がうっかり、僕が撮ったいまの聖地の写真をあおいに見せてしまったんですよ。僕はその場にいなかったので又聞きになりますが、ひどく動揺したそうです。彼女は三月十一日の記憶すら曖昧で、報道を見て混乱することがある。そんな状態で、思い出の場所の変わり果てた姿を見たのです。自分の記憶との齟齬《そご》を受け入れられず、訳がわからなくなったのでしょう〉

海野市の避難所で出会った、「帰らせて」と鋭い声で言い放つ高齢女性の姿が脳裏に蘇る。

認知症の人は、些細な環境の変化にもストレスを感じ、症状の悪化につながることがあるという。あの女性の息子らしき男性も「環境が変わって、精神的に不安定になっている」と言っていた。

あおいにとって聖地は伊達との思い出が詰まった場所で、度々足を運んでいた「環境」の一部。

その喪失を、簡単に受け入れられるはずがない……。

地震が発生した三日後、伊達が高宝山の様子を見に行きたいと志願したこと、鬼庭がそれを了承したこと、この二つに合点がいった。伊達にとって高宝山の聖地は、あおいとの思い出が詰まった場所。もちろん、怪我人がいないかどうかも気になっただろうが、それとは別に、どうなっているか自分の目で確かめたかったに違いない。

鬼庭もそれを察して、伊達を行かせたのだろう。

〈僕はあおいの大切な場所を、永遠になくしてしまったんですよ。それを防ぐチャンスがあったのに。彼女のような人のためにこそ、防ぐべきだったのに〉

伊達の声音に疲れが滲む。

〈繰り返しになりますが、広報紙づくりはすばらしい仕事だといまも思っています。僕がつくった『こうほう日和』で変わった町民も、新藤くんがつくった『こうほう日和』で救われた命があることもわかっている。震災後のいまの高宝町を記録に残したいという新藤くんの志が崇高だとも思う。ですが〉

伊達は言葉を切ると、深く息を吸い込んだ。結子は咄嗟に携帯電話を耳から離しそうになる。両手に力を込め、それをなんとかこらえていると、伊達は疲れ切った声のまま、結子が耳にしたくなかった言葉を口にした。

〈僕は広報紙によって愛する町民を守れたかもしれませんが、すぐ傍にいる愛する女性は守れなかった。この思いを消すことはできない。ですから、もう『こうほう日和』をつくることはできません〉

*

午後になって結子は、一人で高宝町役場に戻った。昼食を食べていないが、空腹感は少しもない。

帰り際、伊達に言われた言葉を思い出す。

――土木整備課は、インフラの復興計画を立てるよう町長から指示をされています。僕は志願して、そのチームに加わりました。それが妻と町のために自分にできる、せめてもの罪滅ぼしです。このまま来年度から、土木整備課に行くことになるでしょう。

それに対し、自分がなんと答えたのかは思い出せない。気がつけば、車を運転していた。

役場に入った結子は、ロビーに設置された「未来の高宝町」掲示板の前で足をとめた。最後に見てからまだ三日しか経っていないのに、陥没した道路やつぶれた家など、いまの高宝町を撮った写真が増えている。

「人間は記録したがる生き物、か」

片倉の言葉を呟いてから目を閉じた。四月八日、大きな余震があった翌日のことを思い出す。

あの余震で、掲示板は割れ、町民から預かった展示物もいくつかこわれてしまった、でも、直そうと思えば直せないことはない。茜にも、それがわかっていた。だから大地に向かって何度も「負けるもんか」と繰り返すことができた。

でも。

目を開けて歩を進め、二階にある広報課まで行く。自分の机の上には、五月号の紙面データをプリントアウトした紙が何枚も載っている。その中から、楓のインタビューを掲載したものを手に取る。

――もし『広報うみの』に想定外の巨大地震が起きたら大津波が押し寄せると書いていたら、助かった人がいるんじゃないかって。

そう言う楓に、結子はなんと言葉をかけていいのか、すぐにはわからなかった。でも、あくまで救える命があったかもしれないいいいいだ。『広報うみの』で津波のことを書いていたとしても、どれだけの命が救われたかわからない。

だから、「わたしにできることがあったらなんでも言って」と口にすることができた。

でも。

伊達の席に目を向ける。

あの人が、大切な人を守れなかったことは間違いない。

「かもしれない」ではなく、確定だ。

そんな人には、なにもできないのでは？

去年の十二月、広報コンクールに出品するための『こうほう日和』を、夜遅くまで楽しそうにつくっていた伊達の姿を思い浮かべようとする。

なにも浮かばない。

それならばと、『こうほう日和』をつくっていたときの顔をして土木整備課で仕事をする伊達の姿を思い浮かべようとする。

やはり、なにも浮かばなかった。

伊達は志願して、インフラの復興計画を立てるチームに加わったはずなのに。

2

ここがどこかはわからない。いつなのかもわからない。

とにかく目の前に、伊達がいた。

そして結子は、どうやら伊達の右手を両手で握りしめているようだった。

伊達は、フレームがやけに太くてセンスのない、漫画のキャラクターがかけるような黒縁眼鏡をかけている。

——この伊達さんを見るのは久しぶりだ。もう二度と見ることはないと思っていたのに。

そう考えてから首を傾げる。

どうしてわたしは、「二度と見ることはない」なんて思ってしまったのだろう？　この眼鏡は伊達さんにとって広報マンであることの象徴で、かけていて当たり前なのに……そうだ。伊達さんはもう、広報紙をつくれないと言っていたんだ。どうしてつくれないんだっけ？

それは……そう、あおいさんのことがあったからで……。

「伊達さん」

自分でも驚くほど熱っぽい声で名前を呼び、伊達の右手をさらに強く握りしめる。

＊

「……夢か」

ベッドに仰向けになったまま、結子は呆然と呟いた。天井に向かって両手を伸ばし、五本の指を目一杯広げる。この手で伊達の手を握りたいなんて発想、抱いたことすらない。

なのに、どうしてあんな夢を？

枕につけたままの頭を振る。

昨日はあの後、広報課で六月号の原稿を少しだけ書いた。その間もその後も、胸にぽっかり穴が空いているかのようだった。「胸にぽっかり穴」なんて手垢のついた表現ではあるが、ほかに言いようがなかった。

伊達さんが『こうほう日和』をつくれない以上、特別号はあきらめるしかないからだろう――そう自己分析してはいたが、ああいう夢を見るとは思いもしなかった。

あんなこと、泉田にだってしたことはない。伊達にはあおいがいるのに。奥さんに逃げられたというのはデマで、いまも結婚しているのに。あれではまるで、二人の間に割って入ろうとしているみたい……。

「なによ、割って入るって」

これ以上は夢のことを考えたくなくて、ベッド脇のサイドテーブルに目を向けた。時計の針は、まもなく正午を指そうとしている。日曜日にこんな遅くまで寝ていたのは、いつ以来だろう。

とにかく起きようと思ったところでインターホンが鳴って、どきりとした。この家に誰かが訪れることなんて、ほとんどない。せいぜい、家飲みで茜が来たことがあるくらいだ。

強引な押し売り、怪しげな宗教、変な勧誘……そういう類いのヤバい人だったら居留守を使おうと思いつつ、足音を忍ばせ玄関のドアに近づいていく。その最中、ドアの向こうから声がした。

「いるんだろう、新藤。室内から気配を感じるぞ。なんと日曜日にこの私が足を運んでやったんだ。早く開けたまえ」

思っていたのとは違うヤバい人のようだった。


「どうぞ」

結子がガラステーブルの上に麦茶を出すと、床に胡坐をかいていた鬼庭はわざわざ正座してから両手を合わせた。

「ありがとう。いただきます」

こんなに礼儀正しい挙措動作ができるなら、日曜日の昼間にアポなしで人の家を訪れるような真似をしないでほしい。

「早く開けたまえ」と言われても、寝巻きを着たまま開けるわけにもいかない。結子は慌てて白いブラウスとベージュのチノパンに着替えて、鬼庭を家に入れたところである。

鬼庭の方は、グレーのジャージを着ていた。結子がドアを開けた時点では黒いキャップを被り、スポーツ用の大きなサングラスをかけてもいた。

休日のファッションなのかもしれないが、本人の容姿と相まって、頭の悪いチンピラにしか見えなかった。

結子は、鬼庭の正面に正座する。

「ご用件はなんですか、町長？　アポを取る間もなくいらしたんですから、町政にかかわる、さぞかし大事なお話なんでしょうねー」

我ながら伊達のように皮肉っぽい言い方だとは思うが、こちらは女性の独り暮らしにもかかわらず、こうして応対しているのだ。これくらいは許してほしい。

「なにを言っている？」

しかし鬼庭は、心外そうに目を丸くした。

「私は『緊急の用事があるので家に行く』とケータイにメールしたじゃないか。ちゃんと見たまえ」

「え？」

慌てて携帯電話を手に取ると、確かに鬼庭からそういうメールが届いていた。一応、鬼庭の中ではアポを取ったことになっていたらしい。

だからといって、結子がなんの返信もしていないのに押しかけてくるなんて。あきれ顔になるのをこらえて訊ねる。

「わかりました。それで、ご用件はなんですか」

「輝ちゃんから聞いたぞ。昨日、あおいちゃんに会ったそうだな」

全身に緊張が走った。

「はい」

「輝ちゃんは君に『もう隠すつもりはないから、あおいのことは誰に話しても構わない』と言ったそうじゃないか」

そう……だっただろうか。よく覚えていないが、そんなことを言われた気もする。でも、

「わたしは別に、誰かに話すつもりはありません」

「そうしてくれ。というより、誰にも話さないでくれ」

鬼庭が真剣な顔つきになる。

「身内が認知症であることを周囲に打ち明けるか隠すか、人によって考え方は異なるだろう。しかし輝ちゃんの場合は、できるかぎり秘密にしてやりたいんだ。不可抗力とはいえ、あおいちゃんが原因で『こうほう日和』のクオリティーを引き継げなかったことを申し訳なく思っているからな」

「それを言うために、わざわざいらしたんですか？」

「輝ちゃんを傷つけたくないからな。一刻も早く君に直接会って、お願いしたかった」

一方的にアポを取った気になっていたことにも、日曜日に独り暮らしの女性の家に押しかけてきたことにも、それなりの事情があったらしい。

「町長である私が訪ねてきたと周囲に知られては君に迷惑がかかるかもしれないから、キャップにサングラスで顔がわからないようにしてから来た」

しかも頭の悪いチンピラのような恰好は、結子に気を遣ってのことだったらしい。

「……伊達さんは『こうほう日和』のクオリティーを後任に引き継げなかったことに、そんなに責任を感じているんですか」

昨日の伊達の姿を思い出しながら訊ねると、鬼庭は即座に頷いた。

「もちろんだ。広報課から異動になった直後は後任に広報紙のことを教える気満々で、マニュアルまでつくっていたからな。でもあおいちゃんがああなって、時間的にも精神的にも余裕がなくなってしまった。後任が広報紙づくりにあまり情熱を持っていなかったこともあって、クオリティーはみるみる落ちていった。あのころ、輝ちゃんと一度だけ飲んだんだが、ぐい飲み一杯で酔っ払って『〝広報する喜び〟を教えてやりたかった』と無念そうに話していたよ」

ぐい飲みで日本酒を何杯も飲む伊達を見たことがあるだけに、一杯で酔っ払う姿は想像もできなかった。

——伊達さんは、わたしが思っていた以上に責任を感じている……。

俯きかけた顔を上げ、結子は無邪気な表情をつくって首を傾げてみせる。

「町長が、『こうほう日和』のクオリティーを引き継ぐために後任に教えようとは思わなかったんですか」

「思わなかった。私は人に物を教えるのに向いていない。原稿に指摘を入れるのが精一杯だ」

「そういう自覚があったんですね！」

「なぜ大きな声で言う？」

「すみません」

急いで頭を下げてから、結子は言った。

「町長のお話を聞いて、あおいさんの話は誰にも言うべきではないと改めて思いました。ご安心ください」

「杞憂だったな」

「え？」

再び首を傾げる結子に、鬼庭は笑みを浮かべた。

「輝ちゃんは私に気を遣って黙っているが、二年前、土木整備課に行っていれば町内の被害を小さくできたと思っているんだろう。広報課に行ったことで聖地があんなことになって、あおいちゃんを守れなかったとも思っているんだろう――ああ、なにも言わなくていい。輝ちゃんとのつき合いは長いから、大体わかる」

口を開きかけた結子を手で制し、鬼庭は続ける。

「そんな輝ちゃんなら、もう『こうほう日和』をつくることはできないと思っているはず。君にも、そう伝えたに違いない。君が相当ショックを受けているんじゃないかと心配していたんだが、元気そうだ」

よかった。元気そうに見えるらしい。

では、このペースを続けよう。

「元気ですよ。『こうほう日和』に全力投球してますからね」

あながち、でたらめでもなかった。

伊達にはもう頼れないから、力不足を痛感しながらも、できるかぎりクオリティーの高い『こうほう日和』をつくるしかない。そのためにこれまで以上に必死になっていれば、特別号をつくれないことを忘れられるはず。

胸に空いた穴に、誰かが気づくこともないはずだ。

「結子、なにかあったんじゃない？」

三人で乾杯するや否や、茜が言った。

鬼庭が家に押しかけてきたあの日から、結子は原稿を書いたり、取材をしたり、資料を調べたり……と、いつものように『こうほう日和』の仕事をしているうちに、あっという間に金曜日になった。

この間、伊達は相変わらず土木整備課を手伝っているようで、広報課にいないことが多かった。でも顔を合わせれば、これまでと同じように結子と話をする。

あおいさんのことを知る前となにも変わらない。特別号のことだって、もっともっと『こうほう日和』に打ち込んでいれば忘れられる——と思っていたら、茜に居酒屋「沢庵《たくあん》」に連れてこられた。地震のせいでしばらく休業していたが、今月から営業を再開したらしい。

店の奥は座敷席になっている。そこに、片倉の姿があった。茜が呼んだのだという。

片倉は身体が大きいので、結子は茜と並んで向かいに座ろうとした。しかし茜がさっさと片倉の右隣に座ってしまったので、やむなく向かいに一人で腰を下ろす。「急に連れてきて、なにかあったの？」と結子が訊ねても答えてくれなかったが、ひとまず乾杯した。

そして出てきた言葉が「結子、なにかあったんじゃない？」である。

「なにかって、なに？」

素知らぬ顔をして、質問に質問を返す。

「なにかはわからない。でも、いつもと違って声に張りがない。人に言えない悩みや苦しみを抱えているとしか思えない」

「なによ、その決めつけ？」

笑って烏龍茶に口をつけつつ、密かに舌を巻いていた。自分では気づかなかったが、もしかしたらそういう声になっていたのかもしれない。まさか茜に、そんな観察力があったなんて。

茜は、自信満々の顔をしている。

「決めつけじゃないよ。ちょっと聞いただけで声質が明らかに違うことがわかる――と、片倉さんが言っていた」

「あんたの意見じゃないのか！」

どん、と烏龍茶のグラスをテーブルに置いてしまった。

「羽田さんが、まるで自分が気づいたような顔をして話し出すから驚きましたよ」

言葉とは裏腹に、片倉は全然驚いているようには見えない仏頂面で言う。

「ですがそういうことです、新藤さん。一昨日、私と電話で話しましたよね。そのときに声のトーンが、いつもより若干低かった」

朝日夫婦の取材が記事になった、という報告の電話をもらったときのことか。

「わたしの声のトーンって……そんなことがわかるんですか？　それにあのときの電話では、二、三分しか話してませんよね？」

「こう見えて子どものころピアノを習っていたので、絶対音感があるんです」

「絶対音感って、そういうものなんでしょうか？」

結子が困惑していると、茜はにっこり笑った。

「なに言ってるの。相手が結子だからこそ、わかったんじゃない。ですよね、片倉さん？」

「そうかもしれませんね。新藤さんは、尊敬する仕事仲間ですから」

なるほど、と納得した結子だったが、茜は片倉に続ける。

「まだ『仕事仲間』って言うんですね。本当にそれだけなんですか？　そんなことばかり言っていると、結子を誰かに取られちゃいますよ？」

「新藤さんは私のものではありませんし、それで幸せになれるなら心から祝福します」

「つ……つまらない。この前から思ってたけど、つまらない！　片倉さんはこういう話になったら、赤くなったり、口ごもったりするから、無愛想でもかわいげがあったのに。実は動揺しているのを隠しているとか、そういう胸きゅんポイントはないんですか？」

茜がなにを言っているのかわからない。片倉が結子を仕事仲間だとしか思っていないことは明らかなのに。片倉は「ご期待に沿えなくてすみませんね」と茜を受け流す。

「それより羽田さんには、新藤さんの悩みに心当たりがあるのですよね。今日はその話を聞かせてくれるのでしょう」

「そうだった。忘れるところでした」

茜は一転して真剣な表情になると、結子に顔を向けた。

「結子は、伊達さんとなにかあったんじゃない？　だから悩んでいるんじゃない？」

「なんでそう思うの？」

予期していた質問なので、すんなり口にできた。

「先週の金曜日、伊達さんと二人で会議室に行ったでしょう。片倉さんに『新藤さんの声のトーンが低い』と言われるまで気づかなかったけど、あの後、結子はなんだかそわそわしていた。で、今週に入ってからはいつも以上に仕事をがんばっている。金曜日に伊達さんになにか言われて、土日の間にそれに関係する大きな事件があったんじゃないかと思った」

やっぱり茜は、思ったより観察力がある。結子が認識を改めた直後、茜は言った。

「遂に伊達さんに告白して、振られたんじゃない？　それで元気がないんじゃない？」

「ありえない！」

改める必要はなかった。

「もう何度も言ってるけど、わたしは伊達さんに恋愛感情を抱いてなんて――」

――待って。本当にそう？

言い終える前に、疑問が頭をもたげた。

恋愛感情を抱いていなかったら、手を握りしめるなんて夢は見ないのでは？　しかもあの夢を思い出すと、胸の穴が深く大きくなる気がする。息苦しくもなる。

――これって、失恋の痛みなのでは……伊達さんがいまも結婚していると知ってしまったからなのでは……でも状況が違うとはいえ、泉田くんに振られたときとは、なんだか違う気がする……。あのときはあんな夢を見なかったし、泉田くんの手を握りしめたいとも思わなかった……いや、いまだって伊達さんの手を握りたいなんて思ってないけど……でも、それならなんだってあんな夢を……。

「結子？」

黙ってしまった結子に、茜が心配そうに呼びかけてくる。

――一人で悩んでも答えは出せない。

結子は、意を決して口を開いた。

「伊達さんに告白したわけではないけど、確かにこの前の週末にいろいろあった。それを踏まえた上で、相談に乗ってほしいことがある」

「いいよ。なんでも言って」

「二回以上失恋したことはある？」

「……まじめに言ってよ」

「わたしは大まじめだよ」

結子はテーブルに身を乗り出した。

湧き上がる感情が失恋ごとに異なるなら、泉田のときと今回は違って当然、即ち、自分が伊達に恋愛感情を抱いている可能性が出てくる。

「なんでも言っていいんでしょ。茜はこれまで、何回失恋した？　失恋したときの年齢と、相手の年齢も教えてほしい。よければ、シチュエーションもお願い」

「ど……どこがまじめなのよ。ただのセクハラじゃないの」

「そんなことない。茜の失恋の歴史を知ることが、わたしのために——」

「セクハラでないなら嫌がらせだ！」

「私は失恋経験が三度あります」

片倉がさらりと割って入ってきた。茜とそろって片倉を見つめる。

「一度目は十六歳のとき。相手は一つ上の先輩でした。文化祭で仲よくなって——」

「片倉さん、ストップ！」

用意された台詞を読み上げるように淀みなく語り出す片倉を、結子は慌ててとめた。

「茜ならともかく、片倉さんに失恋経験を赤裸々に語ってもらうのは心苦しいです」

「私ならいいのか！」

「ただ、三度の失恋で、片倉さんが抱いた感情が全部同じだったかどうかだけ教えてもらえませんか」

茜を無視して言うと、片倉は少し考えてから答えた。

「一度目と二度目はほとんど同じでしたが、三度目はまるで違いましたね。相手が、こちらの気持ちにまったく気づいてくれなかったのです。異性として認識されていなかったことを思い知って、かなしい気持ちになりました」

「それは辛い経験でしたね……」

聞くだに涙が出そうになる話だ。茜がなにか言いたそうな目を向けてきたが、片倉への同情で胸が一杯になり、相手にする余裕がない。

「片倉さんのお話からすると、失恋したからといって、いつも同じ感情を抱くとはかぎらないことになりますね」

ということは、いま伊達に抱いているこの感情は、やはり失恋の痛みなのだろうか。まったく無自覚だったが、茜が再三指摘してきたとおり、自分は伊達に恋をしていて、妻がいることを知ってショックを受けているのだろうか？

注文した料理が運ばれてくる。それらに口をつけず首を捻っていると、茜が遠慮がちに言った。

「週末になにがあったか知らないけど……もしかして、本当に失恋した？」

「してないよ」

笑顔で嘘をつく——いや、失恋したと決まったわけではないのだから、嘘とは言えないか。

「ついでに言えば、伊達さんとも関係ない。先週、伊達さんと会議室に行ったのは『こうほう日和』の記事がうまく書けなくて、相談に乗ってもらっただけ」

こちらは明確な嘘だった。茜は上目遣いに結子を見て、さぐるように訊ねてきた。

「それなら……もしかして週末になにか謎を解いて、ピンチになってるんじゃない？　それが結子の運命だもんね」

反論できない。

広報マン一年目。結子は『こうほう日和』の取材で行った先々で、なぜかさまざまな謎に出くわした。それを解き明かす度に、取材を拒否されたり、撮影した写真が全部だめになったりと、紙面に穴が空くかもしれないピンチに陥ってしまったのだ。

二年目はそういう運命から脱して順調に仕事を進めることができた……と思いきや、年末になってそれまでの反動のような大ピンチに襲われた。

三年目のいまのこの状況も、同じ状況に曝《さら》されていると言えるかもしれない。伊達が広報紙から距離を置いている理由を解き明かしたら、本人が二度と『こうほう日和』にかかわるつもりがないことが判明して、一緒につくってもらえないピンチに直面しているのだから。

――仲宗根先生から教えてもらってたまたま謎を解き明かすことができただけで、自分でなにかしたわけじゃないけど。

つい自嘲してしまった後で、思う。

――これはピンチじゃない。いままではどうにかしてピンチを乗り越えてきたけど、今回ばかりはあきらめるしかないんだ。そのためにも『こうほう日和』を、いつも以上にがんばってつくらないといけない。

決意とともに、結子は笑顔をつくった。

「茜が言う運命に、近いことになっているのは認める。でもこれに関しては、わたしが自分で解決しないといけないことだから。心配してくれてありがとう」

広報課の仲間なのですべてを打ち明けたくはあるが、あおいのことに触れるわけにはいかない。

茜は、半信半疑の眼差しで結子を見つめてくる。

「そうなの？」

「そうなの」

結子が力強く言い切ると、茜は片倉の方を見た。片倉は小さくはあるが、しっかりと頷く。

「新藤さんがここまで言っているのです。我々は見守るだけにしましょう。もし新藤さんが助けを求めてきたら、そのときに力を貸せばいい」

「ありがとうございます、片倉さん」

結子が礼を述べると、茜は釈然としない顔をしつつも言った。

「わかったよ。なら、この話はひとまずおしまい。がんばってね、結子。でもなにかあったら、いつでも言ってよ。無理したらだめだからね」

「ありがとう、茜」

茜にも礼を述べる。少しではあるが、目頭が熱くなった。こんなことを言ってもらえる関係になるなんて、初めて会ったときには想像もできなかった。

「じゃあ、次の話」

「え？　まだあるの？」

「当たり前でしょう。結子の心配をするためだけに呼んだわけじゃない」

せっかく感激していたのに、と思ったが、茜らしくはある。

「『未来の高宝町』の掲示板にいまの高宝町の写真を展示してほしいという人が、どんどん増えているの。写真だけじゃない、自分のコメントとか動画とか、そういう申し込みも増えている。いまの高宝町の状態を未来に伝えたい人が、思ったよりたくさんいるみたい」

「……すごいね」

辛うじて相槌を打つと、茜は「だよね」と興奮気味に言った。

「でも掲示板だけじゃ、とても対応できない。この前、結子は、被災した人たちの声を集めた特別号をつくりたいけど、伊達さんが忙しくて力を借りられないからつくれない、と言ってたよね」

「……うん」

ゴールデンウィーク中に片倉にしたこの話は、茜にもしてある。

「伊達さんの力は借りられなくても、どうにかならないかな？　私も、できるだけのことはするから」

胸の穴が広がった気がした。茜に責任がないことはわかっているが、いままさに、その特別号をあきらめようとしている真っ最中なのに。

「……気持ちはうれしいけど、茜は『こうほう日和』をつくったことがないでしょう」

結子は、辛うじて笑顔をつくったまま言った。

「わたしだけだと特別号をつくるには力不足だし、伊達さんがいないと難しいよ。伊達さん抜きでつくろうとしたところで中途半端になって、被災した人たちをがっかりさせてしまうと思う」

　そうだ。伊達さんの力を借りられない以上、特別号をつくることはあきらめるしかないんだ——必死に自分に言い聞かせる。

「いまからわたしが少しずつ取材を進めて、一年くらい後にまとめる形で特別号をつくることはできるかもしれないけどね」

「それはそれでいいかもしれないけど……被災したいまこのときにしか聞けない話とか、残さないといけない写真とかもあると思うんだけど……でも伊達さんの力を借りられないなら、仕方ないのか……」

　茜はそう言いつつも、片倉に話を振った。

「片倉さんはどうです？　なにかいいアイデアはありませんか？」

「私は一介の新聞記者にすぎませんから、役場の仕事に口を挟むことはできません。ただ、被災者のいまの声を集めるという新藤さんのアイデアには、初めて耳にしたときから刺激を受けています」

「要は、片倉さんにもアイデアはないってことですね」

残念そうな茜に、片倉は「申し訳ない」と仏頂面で返してビールに口をつける。

でも結子は、片倉らしくない思わせぶりな言い方に聞こえて、少し気になった。

3

「特別号はあきらめる、特別号はあきらめる、特別号はあきらめる」

茜たちとの飲み会の後、我ながら不気味な独り言を口にしながら、結子はアパートに帰った。沢庵には駐車場がないし、歩けない距離ではないので徒歩だ。人通りが少ない夜の高宝町でこんなことをぶつぶつ言って歩く女とすれ違った町民は、さぞこわかったに違いない。

部屋着に着替え、お風呂をいれようとしたところで携帯電話が鳴った。ディスプレイを見た結子は、思わず「げっ」と声を上げてしまう。

G県湾田《わんだ》市の、赤池櫂《あかいけかい》からの電話だった。去年の広報コンクールで内閣総理大臣賞を受賞した、伊達にすら一目置かれている広報マンである。寝癖を直してないのではと疑いたくなるほどの、ものすごい癖毛をはっきりと思い出す。

震災の後、安否を確認するメールをもらいはしたが、電話が来るのは初めてだった。

「……もしもし」

赤池とは去年いろいろあっただけに、緊張して硬い声になってしまう。

〈どーも、赤池です。お久しぶり！〉

赤池の方は結子とは対照的な、底抜けに明るい声で言った。結子がなんと返してよいか迷っているうちに、赤池は話し出す。

〈うちも震災でいろいろ大変でさ。幸い、内陸だからそれほど被害が大きかったわけじゃないけど、広報以外の仕事もやらないといけなかった。そのせいで時間が取れなくて、ようやくさっき、四月号の『こうほう日和』を読ませてもらったよ〉

「あ……ありがとうございます」

去年の内閣総理大臣賞受賞者に読まれたかと思うと、別の意味で緊張してしまう。結子は、おそるおそる訊ねた。

「どうでした？」

〈読ませる特集だったよ。震災で大変なときに、被災者に取材した機動力と根性もいい。難を言えば、被災者に対する踏み込みがちょっと甘かったことかな。ところどころに遠慮が見られた〉

踏み込みの甘さに関しては、五月号の取材で海野市に行ってから結子も自覚していたことなので、「そうですよね」としか言えない。

〈がっかりしないで。大変な思いをしている人から話を聞いただけで、充分すごいことなんだから。震災の特集は、五月号でもするの？〉

「はい。もう印刷所にデータは送っています」

〈そいつは楽しみだ。四月号は忙しくて無理だったみたいだけど、五月号は伊達さんの指摘が入ってるんでしょう？〉

読んだだけで、伊達の指摘があったかどうかまで判別できるらしい。

〈伊達さんは、飲酒運転の被害者遺族の特集を組んだこともある。かなしみに暮れる人に取材する覚悟は、よくわかっているはずだ〉

「飲酒運転って……そんなテーマを扱ったこともあるんですか」

〈伊達さんだけじゃない、ほかの広報マンも、このテーマで特集を組んだことがあるんだよ〉

自治体広報紙って、本当になんでもできるんだ――改めて感動しつつ、結子は言わなくてはならないことを言った。

「伊達さんからの指摘はありません」

〈なんで？　伊達さんなら、四月号を読んだら絶対に指摘したくなると思うんだけど〉

「震災でうちも大変なんです。伊達さんは別の課の仕事を手伝っていて、五月号だけじゃない、その先の原稿も見てもらえそうにありません」

さらりと嘘をついたが、赤池を騙せたかどうか。

電話の向こうから音が消える。赤池がいまの結子の言葉を吟味している様が見えるようだった。

〈なるほど。よくわかったと言っておこうか——いまは、まだ〉

含みのあることを隠そうともしない言い方だった。さすがに伊達が『こうほう日和』をつくれなくなったことまでは見抜いていないだろうが、結子がなにか隠していることはたぶん悟られた。赤池が本気で調べれば、あおいにたどり着くのは時間の問題だろう。

だったら、いっそ。

「大切なものを失った広報マンを立ち直らせる方法ってありますか？」

唐突極まりないことは百も承知で、結子は訊ねた。

〈は？〉

さすがに虚を衝かれたらしく、赤池がらしくない、間の抜けた声を上げる。しかし、すぐに何事もなかったかのように言った。

〈興味深い質問だね。答えは、その人がどういう性格で、いつ、なにを失ったかによって、

全然変わってくると思う。ここでは仮に、その人がかつて『神』の二つ名で呼ばれた、伝説の凄腕広報マンだったとしよう〉

明らかに、結子が伊達のことを相談していると気づかれた。でも開き直って「はい」と相槌を打つ。

〈そういう人が立ち直るためには、広報紙づくりの楽しさを思い出してもらうしかない。たとえば広報コンクールで上位に入賞したら、いいきっかけになるはずだ〉

広報コンクールと聞いて、反射的に壁にかけたカレンダーに目を向けた。スケジュールの確認に便利なので、結子は三ヵ月カレンダーを使っている。

広報コンクールの結果が出るのは、確か五月十六日。三日後だ。ばたばたしていて、すっかり忘れていた。

「きっかけになりますかね？　伝説の凄腕広報マンだったら内閣総理大臣賞だって二回は取っているでしょうから、いまさら上位に入賞したところでそんなに喜ばないんじゃないですか？」

〈でもその広報マンが、自分で最後に広報紙をつくってから十年以上経っているとしたら？ブランクがあるのに上位に入賞したら、さすがに喜ぶんじゃないかな〉

コンクールに出品した『こうほう日和』をメインでつくったのが伊達であることを、赤池は知っている。伊達の指摘の有無同様、読んだだけでわかったらしく、発行後すぐに〈伊達さんは本物の神だね！〉と興奮気味に電話をかけてきた。

「言っていることはわかりますけど、そんな対外的な評価を受けたところで効果があるんでしょうか？」

〈広報紙への愛がある人なら、絶対に効果があるよ。新藤さんだって感動しただろう、去年、俺が受賞して、広報マンたちから拍手を受けている姿を見たときに〉

記憶が鮮明に蘇る。

広報コンクールの表彰式は、年に一回開催される全国大会のプログラムの一環で行われる。去年、表彰式でステージに上がった赤池は、取材相手に感謝の気持ちを述べるスピーチをした。それを受けた会場は、割れんばかりの拍手に包まれた。伊達がこの拍手を二度も浴びたのかと思うと、結子も胸が熱くなった。

いつか自分もこの拍手を浴びたい、とも思った。

〈経験したことがある人にしかわからないと思うけど、あの拍手はマジでいいもんだよ〉

「伊達さんにとっても、いいものに決まってますよね！」

伊達の名前を出してしまったが、もう構わない。

「ありがとうございます、赤池さん。これなら伊達さんは、きっとまたわたしの原稿を見てくれる。一人ではできなかったこともできる！」

口にしてから、自分の本音に気づいた。

薄々察してはいたけれど、どうやら特別号をあきらめたくなかったらしい。

でも、これで解決だ。伊達さんは一緒に『こうほう日和』をつくってくれる。通常号の原稿に指摘を入れてもらえば、赤池さんから指摘された踏み込みの甘さも解決する――興奮する結子に、赤池は言った。

〈よかったね、これで解決だ――と言いたいところだけど〉

赤池の声が、不意に低くなる。

〈伊達さんがつくった広報紙が上位に入賞するとはかぎらないよ。選外の可能性だって充分ありうる〉

「ありえません」

笑い飛ばしてしまった。

「伊達さんがつくったんですよ。赤池さんだって、絶賛していたじゃないですか」

〈そうだね。『継承』というテーマにふさわしい、読み応えのある特集だった。写真もデザインも神がかっていた。でも、コンクールは水物だ〉

水物。その一言は、不吉な響きを帯びて聞こえた。

〈審査員の気まぐれだったり、些細なミスが目立ったりして番狂わせが起こる。そんなことは、どこの業界のコンクールでも聞く話だろう〉

「そうかもしれませんけど……でもわたしの目には、伊達さんの広報紙は完璧に見えましたし……」

口ごもりながら言ったものの、これは「コンクールは水物」という指摘の反論になっていない。

〈伊達さんは、自分がつくった広報紙のことをなんて言ってた？〉

「確か、この程度では内閣総理大臣賞は無理だ、ブランクはおそろしい、とか……」

〈神でもブランクを感じるものなのか〉

赤池は驚きの声を上げた後、しばらくの間黙ってから言った。

〈俺だって、伊達さんがつくった広報紙は上位に入賞するクオリティーだと思う。でも俺は伊達さんのこととなると、冷静な判断ができなくなるからね。結果がどうなるかは、蓋を開けてみないとわからない〉

五月十六日。

役場に出勤した結子は、朝から何度もペットボトルのミネラルウォーターを喉に流し込んでいた。三日前、赤池との電話を終えてからずっとこんな感じだ。

今日は原稿を書かなくてはいけないのだが、とても集中できる気がしなくて、机に資料を広げていた。しかし文字を目で追っても、意味が少しも頭に入ってこない。

窓際の方をちらりと見る。幸い、伊達は席に着いている。鬼庭に頼まれて、広報官として発表する資料をつくっているらしい。

——コンクールの結果が出たら、すぐ伊達さんに教えることができる。

結子はそう思いながら、パソコンのディスプレイに目を向けた。結果の連絡はメールで送られてくる。何時になるかは、その時々によって違うようだ。

赤池が言ったとおり、コンクールで上位に入賞してあの拍手を思い出せば、伊達はきっと広報の世界に戻ってきてくれる。もし入賞できなかったとしても、別の手段を考えればいい。自分の本音を自覚した以上、絶対に伊達には、また『こうほう日和』にかかわってほしい。通常号も特別号も、一緒につくってほしい。

とはいえ、別の手段なんて思いつかない。今日、上位に入賞するのが一番いい。

広報コンクールでは、広報紙の場合、都道府県・政令指定都市部、市部、町村部ごとに十前後が入選作として選ばれる。その上に来るのが、内閣総理大臣賞、総務大臣賞などの特別賞だ。

ステージに上がって表彰されるのは、原則、特別賞の受賞者にかぎられる。スピーチができるのは、内閣総理大臣賞の受賞者だけであることが多いようだ。

――できれば、内閣総理大臣賞を受賞してほしい。無理でもその下、総務大臣賞……。

メールソフトを何度も立ち上げ直したり、Ｗｉ－Ｆｉの切断と接続を繰り返したりしているうちに、昼休みが近づいてきた。こんな状態では、とても食事が喉を通らない。早く来て、と祈るように思っていると、メールの着信通知が表示された。

タイトルは「全国広報コンクールの結果につきまして」。

すぐさまクリックしてメールを開こうとしたが、マウスを握る手が震えてうまくいかない。何度か失敗してから、ようやくメールをクリックする。メールが開封され、文面がディスプレイに表示される。書かれた文字を食い入るように読む。

最初は、形式的な挨拶を飛ばして重要そうなところだけを。次いで、最後の段落を。その後で、冒頭から読み返し。ほかのメールに紛れてしまわないようにフラグを立てて、改めて冒頭から。

何度読み返しても同じだった。

結果は変わらなかった。

〈『こうほう日和』十二月号が内閣総理大臣賞に選出されました〉

はっきりと、そう書いてある。

「伊達さん！」

名前を呼びながら席を立った。ぎょっとする茜が視界の片隅に見えたが、そのまま伊達の前まで行く。伊達が目を瞠る。

「どうしたんですか、新藤くん？　よほどの大事件ですか？」

「よほど以上の大事件です――いえ、伊達さんの実力なら当然であって事件でもなんでもないのかもしれませんけど――と、とにかく！」

結子は言葉に詰まりつつ伊達の方を向いたまま、自分のパソコンを指差す。

「メールが来ました。内閣総理大臣賞です！『こうほう日和』が内閣総理大臣賞を受賞しましたよ、伊達さん！」

結子の呼吸は、全力疾走した後のように大きく乱れていた。それでも自分が、満面の笑みを浮かべていることがわかる。

伊達もすぐさま、同じ表情になるはず。

「内閣総理大臣賞って一番なんでしょ。すごい！」

茜のはしゃぎ声を背後に聞きながら、結子は伊達を見つめる。

「ああ」

伊達は、軽く息をついて言った。

「今日でしたか、結果発表は」

そう口にしている最中《さなか》、伊達の視線は自分のパソコンのディスプレイに向かいかけた。しかし息を呑むと結子を見上げ、顔の筋肉を持ち上げるようにして笑顔をつくる。

「ブランクを感じていましたが、自己評価が低すぎたようですね。でも内閣総理大臣賞を取れたのは、新藤くんが担当したページの力も大きかったと思いますよ。僕一人では無理でした」

伊達の言葉を聞いているうちに、昨夜の赤池の声が蘇ってきた。

――広報紙への愛がある人なら、絶対に効果があるよ。

結子も赤池も、伊達には広報紙への愛があると当たり前のように思っていた。検討するまでもない前提条件のはずだった。

でも。

「伊達さんに、そんな風に言ってもらえる日が来るなんて。うれしいです」

結子は、満面の笑みを全力で維持しながら答える。同時に、思った。

――伊達さんがあの黒縁眼鏡をかけることは、もう二度とない。

「伊達さんと結子が、なんだか普通の会話をしている……伊達さんなら結子にすなおに感謝なんてしないで、皮肉の一つか二つ言いそうなのに……結子もそれを待ち構えていて、なにか言い返しそうなのに……伊達さんだけじゃない、結子もらしくない……」

茜が当惑する声が聞こえてきた。

――そうだよね。らしくないよね。

心の中で茜に応じつつ、結子は伊達に言う。

「広報協会には、わたしの方から出席辞退の連絡を入れておきますね」

震災でそれどころではないので、結子も伊達も、今年の全国大会には参加しないつもりだった。昨年、一緒に参加しようと誘った楓に申し訳なく思ったが、楓の方もそれどころではない。

自由参加なので欠席届を出す必要はないが、全国大会の一環で行われる表彰式となると話は別だ。受賞した自治体広報紙の担当者は招待を受ける。内閣総理大臣賞を受賞しておきながら、無断欠席というわけにはいかない。

伊達がほっとしたように息をついた。

「ありがとうございます。お願いします」

「はい」

胸の穴が深く大きくなるのを感じながら、結子は答えた。

4

結子が自分の車から降りると、二十人近い学生が一斉に「本日はよろしくお願いします」と挨拶してきた。

「こちらこそ、よろしくお願いします」

笑顔で返しながら、結子は思う。

――若い！　眩しい！　かわいい！

自分だって二年ちょっと前までは学生だったのに、とは思うが、彼らとは見えない壁で隔てられている気がしてならなかった。特に男女問わず、肌の艶が自分とはもう全然まったくもって完全に違う。週に何度も夜更けまで『こうほう日和』をつくっていれば、肌が荒れて当然ではあるけれど。

もっとも、後悔はしていない。

結子は、カメラを軽く掲げる。

「取材といっても、堅苦しく考えないでください。みなさんが作業している様子を、ちょっと写真に撮らせてもらうだけですから。時々お話も聞かせてもらうと思いますけど、邪魔にならないように気をつけます。それと、わたしもみなさんのお手伝いをさせていただきます」

学生たちは「はい！」と声をそろえて返してきた。

彼らは、複数の大学間で構成されるインターカレッジ、いわゆる「インカレ」のボランティアサークルだ。海野市がボランティアの受け付けを開始すると真っ先に申し込んできたそうで、昨日、高南中校舎に宿泊。今日は朝から、海野市が市内の大学キャンパスに設置した災害ボランティアセンターまで自分たちの車で移動、そこからは市が手配したバスに乗って現地に来た。

作業内容は、津波の被害が比較的軽微だった市郊外にある住宅地の汚泥処理。具体的には、家屋に溜まった汚泥をシャベルですくい、土嚢袋に詰める作業である。瓦礫の山はショベルカーやトラックといった重機の独壇場だが、こういうことは人間の手を使うしかない。

結子は、その様子を取材するために同行した。取材の合間に汚泥処理を手伝うため、学生たち同様、作業服を着てヘルメットを被り、マスクをつけている。

結子たちが集まったのは、震災の前から空き地になっている場所だった。郊外であるためか、辺りに家屋の数はそれほど多くない。津波の被害が「比較的軽微」と言っても、傾いたり、窓ガラスが割れたりしている家屋が目についた。損壊を免れたものも泥まみれだ。

「土曜日なのに取材だなんて大変ですね、新藤さん」

気を引き締めてそれらを見つめていると、がっちりした体格の男子学生がにこやかに声をかけてきた。代表の茅野《ちの》英俊《ひでとし》だ。

「慣れてますから」

「さらりと言って、かっこいい！」

そんな風に言ったつもりはないが、茅野の傍《かたわ》らで小柄な女子学生が目をきらきらさせる。

「自治体広報紙ってよくわからないんですけど、東京にもあるんでしょうか？」

「ありますよ。基本的に、どこの自治体も発行しているはずですから。率直に言えば、いい加減なつくりで、読みにくい広報紙もあります。でも、住民のみなさんにおもしろいと思ってもらうために、担当者が知恵を絞ってつくっている広報紙もある。帰ったら、ぜひ読んでみてください」

学生たちが「俺のところの広報紙はおもしろいよ」「読んだことあるけど、内容は覚えてない」「私は見たこともない」などと広報紙について語り合う。自治体広報紙に興味を持ってもらえたようだ。今日の取材をがんばろうという気持ちが、改めて強くなった。

——もう特別号をつくれないことは確定したんだから、その分、通常の『こうほう日和』をいつも以上に気合いを入れてつくらないと。ただでさえ、被災した人たちの思いを書くには力不足なんだから。

広報コンクールの結果発表のメールが届いてから五日。この間、「特別号はあきらめないといけない」と自分に言い聞かせたことは一度もない。

本当にあきらめるとは、こういうことなのだろう。

でも、このまま伊達を土木整備課に異動させてしまっていいのだろうか？

いまの伊達が土木整備課に行っても、『こうほう日和』をつくっていたときの顔をして仕事ができるとは、どうしても思えない。

大切な人を守れなかった事実を変えることはできないが、それでも、なにかしてあげられないだろうか……。

「新藤さんは、広報紙の話をしているとき生き生きとしていますね」

高羽直明《たかばねなおあき》が声をかけてきた。海野市社協のスタッフで、学生たちが乗るバスを運転してきた男性だ。今日は一日、彼の指示で動くことになっている。

「そ……そうでしょうか」

「はい。でも取材するだけじゃない、我々の作業を手伝ってくれるのはありがたいです。本当に助かります」

高羽の声には張りがあって、いかにも「リーダー」という雰囲気だった。先ほど災害ボランティアセンターでマスクを取って挨拶してもらったときに見た顔からすると、年齢はおそらく四十代半ば。こういう仕事は慣れているのだろう。

満席でなかったらバスに同乗して、運転している姿を写真に収めたかった。

「事前にお伝えしたとおり、今日は海野市の人たちも一緒に作業してくれます」

高羽が顔を向けると、結子たちと似た恰好をした男性三人が頭を下げてきた。仮設住宅で暮らしているが、「街のためになにかしたい」と今日の作業に志願した人たちだという。

美里たちに抱いたのと同じ感情を抱き、結子は「よろしくお願いします」と頭を下げた。

「あとは――」

高羽の言葉を遮るように青い車が猛スピードで走ってきて、結子の車の隣に停まった。運転席のドアが開き、作業服を着た楓がヘルメットを被りながら降りてくる。

「すみません、遅くなりました！」

「まだ時間前だから大丈夫ですよ」

高羽は笑って言った後、結子に目を向けてきた。「新藤さんの方が親しいようですから、みなさんに紹介してあげてください」といったところだろう。頷いた結子は、学生たちと男性三人に言う。

「こちらは、海野市役所の福智楓さん。今日はみなさんに付き添って、ボランティアのお手伝いをしてくれます」

「福智です。よろしくお願いします」

楓は、感じのいい微笑みを浮かべた。

「新藤さんからお話があったと思いますけど、私は海野市の広報紙担当なので、みなさんのお手伝いをしつつ、取材もさせてもらいます。これも新藤さんから聞いていると思いますけど、いまのところ取材した記事を載せる目処が立っていなくて、申し訳ないのですが……」

海野市役所は多くの職員が犠牲になったため、人手が絶望的に足りない。都市部の自治体からヘルプで職員が派遣されたが、見ず知らずの土地に来た彼らに頼り切るわけにもいかない。楓も少しは楽になったものの、仕事量が多いことに変わりはなく、『広報うみの』は当面、震災関連の情報だけを掲載する四ページの縮小版で発行することになったらしい。

それでも楓は、ボランティアの手伝いをしつつ取材したいと願い出てきた。

この前、結子から話を聞こうとしたときは手が震えていたのに、と心配したが、楓は「五月号の『こうほう日和』を読んで、私も震災の取材をしたくなったの」と言った。

茅野が笑顔で答える。

「全然構いませんよ。僕らはとにかく、被災地のお役に立ちたいだけですし」

「ありがとうございます」

楓が一礼すると、高羽が言った。

「では、早速ですが本日の作業内容を説明します。こちらに来てください」

「すみません。わたしは福智さんと、今日の取材について打ち合わせをしてから行きます」

結子が挙手して言うと、高羽は「わかりました」と頷き、ボランティアたちを先導して空き地を出ていった。楓が、結子に戸惑った顔を向ける。

「打ち合わせって？」

「それは口実。楓ちゃんが大変そうだから、大丈夫かと思って」

よく見ると楓の目の下には、うっすらクマができていた。

「そういうことか」

楓は、茅野たちを前にしていたときとは打って変わって、弱々しい笑みを浮かべる。

「まあ、楽ではないね。小学校に避難していた人たちは、ほとんどが仮設住宅に移ったの。私は親戚の家に居候させてもらうことになって、ご飯はつくってもらえるし、仮設住宅よりのびのびできる。だから贅沢は言ってられないんだけど、とにかく忙しい。それと、お知らせだけの広報紙しかつくれないことがストレスかな」

深いため息が挟まれる。

「せっかく取材をする気になって何人かから話を聞いたのに、それをまとめる時間がないの。

印刷費とか取材費が浮いているから、それを一気に注ぎ込んでページを増やした『広報うみの』をつくろうと思えばつくれるんだけど、なかなか……。今年で五年目だから、このまま記事にできないで異動になっちゃうかもしれない」

一つの部署に五年というのは、公務員にしては長い方だ。楓はもう、いつ異動になってもおかしくない。結子だって、特別号をつくれなくて辛いし、悔しい。でも通常の『こうほう日和』がある。

楓には、それすらない。

「街の外に避難している人から、お知らせだけの『広報うみの』でも読みたいので送ってほしい、という連絡をもらうこともある。光栄なんだけど、人手不足ですぐには対応できないことも少なくない。それも悔し――」

楓がそこで言葉を切ったのは、作業服を着た男性が一人、空き地に戻ってきたからだった。高羽に紹介された、仮設住宅から来ているボランティアだ。ヘルメットとマスクのせいで顔は見えないが、目許に寄ったしわから察するに、初老と言っていい年ごろだろう。

男性は、結子と楓に向かって言う。

「作業を始める前に言っておこうと思って、高羽さんに頼んで少しだけ別行動を取らせてもらうことにした」

愛想のかけらもない口調だった。結子を睨むような目つきといい、なんだか頑固そうな人だ。

「あんた、広報紙をつくっているんだよね」

「はい」

なにを言われるんだろう？　結子が密かに身構えながら頷くと、男性は「広報紙で書いてほしいことがある」と言って、作業服の左袖を少しだけ捲った。中から、黒いシャツの袖が覗き見える。

「これは支援物資として送られてきた服だ。着の身着のまま逃げ出して、家は津波に流されてなんにもなくなってしまったから、助かったよ」

服を送ってもらって感謝しているという話を書いてほしいのかと思いかけたが、男性は続けて言った。

「長袖だけなんだ」

え？

「震災が起こったときは三月で、まだ雪が降っていた。当然、送られてきた服は冬物ばかりだった。でも、これから蒸し暑くなってくる。夏物が足りなくなる。市の支援物資の受け付け窓口にそう言ったんだが、物資を送ってくれる人たちは服はもう充分だと思っているのか、なかなか集まらないらしい。広報紙でも呼びかけてほしい」

確かにこれから夏に向けて、気温はぐんぐん高くなる。夏服が不可欠だ。

盲点だった――感謝しているという話を書いてほしいのか、などと思いかけたことが恥ずかしくなる。

「わかりました。うちの広報紙で寄附を呼びかけます。ボランティアセンターにも話をしておきます」

「私もなにかできないか、周りに相談してみます。大事なことですよね、気づかずにいて、すみませんでした」

楓は、申し訳なさそうに目を伏せながら言った。親戚の家に避難しているので、服の心配はひとまずしなくてよかったのだろう。

「よろしく頼むよ」

男性はマスクをはずすと、にっこり笑った。頑固そうというイメージが一変する、人懐っこい笑顔だった。

「広報紙は、こういう身近にある小さな話を取り上げてくれるメディアだからね。被災者に必要なものとして、記録に残しておいてほしい。いつまた、あんな大きな地震が起こるかわからないからな」

男性は、なんの気もなく口にしたのだろう。

しかし結子は、胸を抉《えぐ》られた気がした。

特別号をあきらめたことで見て見ぬふりをしていた胸の穴が、深く、大きくなる。

震災の被害だけじゃない。こうした些細な、でも当事者にとっては大切なことも、記録に残したい――。

隣で楓が、両手の拳を握りしめたことがわかった。

男性は、空き地の外にある家屋に目を向ける。

「未来を生きる連中に、こんな思いはさせたくないからな。残せる知恵は、残してやりたいんだ」


午後六時。ボランティアが終わると、結子は学生たちに言った。

「本日はありがとうございました。みなさんは、先に高宝町に戻っていてください。わたしは福智さんと話をしてから帰ります」

学生たちは「こちらこそ、ありがとうございました」「記事、楽しみにしてます」などと言いながらバスに乗り込んだ。男性三人も同乗する。

バスが走り去って二人きりになると、結子は楓に言った。

「辛いよね」

自分もそう思っていることは顔に出さない。楓は、ほんのり垂れた目を赤くしながら頷いた。

「うん、辛い。やっぱり、被災したいまの記録をちゃんと残したい。被災した人たちのためにも、未来の人たちのためにも」

楓の視線が、先ほどまで汚泥の掻き出しをしていた家屋に向けられる。結子も同じようにする。今日一日、数え切れないくらい何度も思ったのだ。

本当に特別号をあきらめていいのか、と。

しばらくの間、二人とも無言でその場に立ち尽くしていた。

「一緒に私の居候先に来て、ご飯を食べる？　親戚の人たちが、結子ちゃんに会ってみたいって言ってた」

なんの前触れもなく楓が、殊更《ことさら》に明るい声で訊ねてきた。迷ったが、首を横に振る。

「ありがとう。でも、今日はもう帰る。ちょっと疲れちゃった」

楓の方が辛いことはわかっているのに、これ以上一緒にいたら泣き言を言ってしまいそうだった。

「わかった。また今度ね」

楓は残念そうな顔をしながらも言った。

楓と別れた後、結子は高宝町へと車を走らせた。周囲の風景は、既に夜に沈んでいる。当然ヘッドライトをつけているが、故障しているわけでもないのに光がいつもより弱々しく見えた。

――本当に特別号をあきらめていいのか。

その思いが片時も頭から離れないまま高宝町に入った。しばらく進むと、二股に分かれた道路に差しかかる。家は右の方だ。今日は汚泥の掻き出しで疲れた。たぶん、明日は筋肉痛だろう。原稿も書かないといけないし、早く家に帰るべき。

そのはずなのに、結子はハンドルを左に切った。さらにアクセルを踏み込み、スピードを上げる。目的地がどこなのか、自分でもよくわからない。とにかく走り続けた末に、車を停めた。

わたしはここに来たかったんだ、と思いながら車から降り、それに近づく。

辺りに人の気配はなく、どこかから虫の鳴き声が聞こえてきた。その音が、余計に静寂を際立たせる。明かりは、申し訳程度に点々と設置された街灯のみ。

それのすぐ傍まで来たところで、結子は顔を上げた。

眼前にそびえ立っているのは、高宝山だった。

「そびえ立つ」なんて表現はおこがましい、たいして標高が高くない山。でも伊達やあおいを始め、たくさんの人たちの思いが詰まった山。

山腹で崖崩れが起こって、いまは入山することが危険な山。

それでも結子は、山道に向かって歩を進めた。この先は明かりがなく、真っ暗だ。意識はそちらに集中している。そのせいで、背後から迫り来る足音に気づくのが遅れた。わたしに向かってきていると思って振り返ろうとした直前、右の二の腕を鷲づかみにされる。

「……っ!」

悲鳴を上げることすらできず振り返った視線の先に立っていたのは、片倉だった。

山道の入口を照らす照明からはずれかけた場所ではあるが、肩で大きく息をして、怒りで顔を歪ませていることがわかった。

「ばかなことをするな!」

片倉の一喝が、静寂を突き破った。

「なにがあったか知らないが、新藤さんが悩んでいることはわかる。だからって、死んでなにになるんだ。それも『こうほう日和』で有名にした、高宝山に入って死のうだなんて!」

「ええと……」

片倉さんに敬語抜きで、それもこんな声で話しかけられるのは初めてだと思いながら、結子は首を横に振った。

「わたし、別に死のうとしたわけじゃありませんけど」

片倉は結子の二の腕から手を放すと、深呼吸を繰り返してから言った。

「……嘘をつかないでください。死ぬのでなければ夜遅くに、どうして山に入ろうとしたんですか。それも、余震があったらまた崩れるかもしれない山に」

「山道の入口を、ちょっと覗こうと思っただけです」

「信じられませんね」

「本当です。今日取材してきたんですよ。原稿を書くまで死ねるわけないじゃないですか」

「その理屈もどうかと思いますが……」

そうは言いつつも説得力があると思ったのか、片倉の語気は明らかに弱まった。結子は
「でしょう？」と笑ってから訊ねる。

「そもそも片倉さんが、どうしてこんなところにいるんです？」

「それは、まあ、その……」

片倉は口ごもり、結子から目を逸らした。

「わたしに言えないことなんですか？」

「言えなくはないのですが……」

「まさか、わたしの後をつけてきたとか？」

冗談のつもりで言ったのだが、片倉は目に見えて慌てふためいた。

「え……まさか本当に？」

結子が後ずさると、片倉は早口で言う。

「違うんです。さっき海野市で、たまたま車に乗り込む新藤さんを見かけたんです。声をかけようとしたのですが、辛そうな顔をしていたのでかけそびれてしまいました。でも気になったので、話しかけるタイミングをさぐって車を走らせているうちに、山に入ろうとしたので……」

「それは後をつけてきたこととなにが違うんですか」と口にしかけたが、自殺を心配される理由はあったらしいので我慢した。

ずっと後ろを走られていることに気づかなかった自分も、どうかと思うし。

片倉は、わざとらしく咳払いする。

「新藤さんこそ、どうしてこんな時間に山道を覗こうと？」

「聖地の傍に、近づけるだけ近づきたかったんです。いまは高宝山に入ること自体禁止されてますから、あまり近づけませんけど」

「どうして？」

「それは――」

実のところ、理由は自分でもよくわからなかった。無理に言葉にするなら、伊達が守れなかったもののすぐ傍に行って、あの人が抱いたであろう感情を感じ取れば、広報の世界に戻ってもらえる方法を思いつくかもしれないと閃《ひらめ》き、いても立ってもいられなくなった……といったところか。

一方で、そんな方法が存在しないことも充分すぎるくらい理解していた。

内閣総理大臣賞受賞を知らせたときの伊達の姿を見たら、理解せざるをえない。

「新藤さん？」

結子が黙ってしまったからだろう、片倉が心配そうに訊ねてきた。迷ったが、伊達が守れなかったものの話をしたら、あおいについても触れなくてはならなくなる。沢庵で飲んだときに話さなかったのと同じ理由で、結子は頭を下げた。

「ごめんなさい。言えません」

片倉は小さく息をつく。

「そう言うと思いました。ですが、私の方から指摘させてください。新藤さんがここに来た理由には、特別号が絡んでいるのですよね」

「……はい」

迷ったが、片倉が（ちょっとこわいけど）心配して海野市からついてきてくれたことを思うと、嘘はつけなかった。

「やはりですか。先日飲んだとき特別号のことでだいぶ思い詰めているようでしたから、そうではないかと思ったんです。でも、なにも夜遅くにこんなところに来なくても」

「すみません」

「謝ることはないでしょう。ただ、またこんなことをされても困りますから、参考までにうちの社の動きをお伝えしておきます。まだ具体的なことは決まっていないので、お知らせするのはもう少し後にするつもりだったのですが」

片倉の双眸に、力がこもる。

「いま同僚たちに、被災者の声を集めようと呼びかけているところです」

「同僚って……L県支社の記者さんたちですか？」

「いえ、東北全体の支社の記者たちに、です」

予想外に範囲が広い。結子が驚いていると、片倉の口の両端がはっきりと持ち上がった。

「被災者のいまの声を集めるという新藤さんのアイデアに、大いに刺激を受けましてね。日京新聞社としてもやるべきだと考えたのです。沢庵で飲んだときに我慢できず、ついにおわせてしまいましたが」

なんだか片倉らしくない思わせぶりな言い方をしていると思ったが、そういうことだったのか。

「私は左遷されてL県に来た身ですから、かかわりたがらない記者もいる。しかし、興味を持って話を聞いてくれる記者も少なくないんですよ。号外にするのか、ムックにするのか、紙面連載にするのか。まだなにも決まっていませんが、やろうという方向で話が進んでいます」

「片倉さんはわたしに刺激を受けたとしても、どうしてほかの記者さんまで？」

「未曽有の大災害を前に、みんな、自分にやれることがあるならやらずにはいられないんですよ。そして新聞記者にやれることと言えば、取材と原稿執筆です」

後半の一言は、当たり前のように口にされた。

片倉清矢という人は新聞記者の仕事に誇りを持っているのだと、改めて思う。

「新聞記者と広報マンでは取材する内容が異なりますから、新藤さんが望んでいた特別号とは別物になるでしょう。取材対象が高宝町にかぎられるわけでもない。それでも、いまの被災者の記録を残すことにはなるんです。これが特別号の代わりになりませんか」

「……なりますね」

新聞社が発行するものなのだから、当然、有料だ。被災者は「自分の街の人」である広報マンほどには、新聞記者に心を開いて話せないかもしれない。震災後、結子が何度か経験したような、被災者の方から話しかけてくることもおそらくないだろう。広報マンにしか聞き出せない話は、新聞記者にはきっと聞き出せない。

逆に言えば、新聞記者にしか聞き出せない話を聞き出せるということだ。なにより、

「取材対象が高宝町に限定されないのは、新聞社ならではですよね。わたしはこの町の広報マンだから高宝町民に向けてつくることばかり考えていたけど、ほかの自治体だって被災しているんだから、日京新聞さんの組織力を使って――」

意図せず、言葉が途切れた。

――ああ。

ばかだった。

なんでこんな簡単なことに気づかなかったんだろう。

い、い、い、い、い、い、い、い、特別号。

つくれるじゃないか、特別号。

「新藤さん？　どうしたんですか？」

結子が何度も息を吸ったり吐いたりし始めたからだろう。片倉が心配顔になる。

「ありがとうございます、片倉さん」

答えになっていないが、結子は言った。

りますを」

「日京新聞さんは日京新聞さんで取材を進めてください。わたしはわたしで、特別号をつくります」

片倉が当惑の面持ちになる。

「伊達さんの力を借りられないから、つくれないのでは……」

「なんとかなりそうです」

きっぱり言ってから、自然と笑顔になった。

「わたしは、片倉さんに助けられてばかりです。最初に会った日も、やる気をなくして愚痴っていたわたしを叱ってくれましたよね。片倉さんがいなかったら、もっとたくさん失敗していたし、うまくいかなかったこともあったはず。本当にありがとうございます」

結子が笑顔のまま近づくと、片倉は仰《の》け反《ぞ》るようにしながら数歩後ずさった。薄闇の中でも、頬が赤くなっていることがわかる。

「片倉さん？　どうしたんですか？」

今度は結子が訊ねた。

「ど……どうしたもなにも……し、新藤さんと話すときは、動揺しているのを隠していたのに……笑顔でそんなことを言われたら、さすがにもう……」

「なんの話ですか？」

「な……なんでもない……いや、なくはないですが……と、とにかく！　特別号ができるようならよかったです。動きがあったら、また教えてください。おやすみなさい！」

片倉は一方的に捲し立てると踵を返し、逃げるように去っていった。

動揺しているのを隠している——この前、茜が片倉にそんなことを言っていた。あのときは、片倉にとって結子は仕事仲間でしかないのに、茜はなにを言っているんだろうと思った。

でも、いまの片倉の言い草からすると、まさかとは思うけど、茜の言うとおり……。

「そんなわけないいか」

己惚れすぎだろう。片倉からは、結子みたいな女性を守る自信はないと、はっきり言われている。

「それより、特別号だ」

東京とは較べ物にならないほどたくさんの星が輝く夜空を仰ぎ、決然と呟いた。

5

次の日。

鬼庭との電話を終えた結子は、小さく頭を下げた。

日曜日の午前中に電話をかけたにもかかわらず、鬼庭はすぐに出てくれた。そして結子がやりたいと思っていることを説明すると、間髪《かんはつ》を容《い》れず〈わかった。新藤の好きにしていい。役場内の調整は私がやっておく〉と言ってくれた。

——あの思いに応えないと。

全身を流れる血が滾《たぎ》っていくのを感じながら、結子は携帯電話を握りしめ、楓の番号に発信した。最初のコール音が鳴り終わる前に、楓が出る。

〈もしもし？　結子ちゃん？〉

昨日会ったばかりなのにどうしたの、という疑問の声が聞こえてくるような口振りだった。順を追って説明しようとした結子だったが、滾った血に突き動かされ結論から口にしてしまう。

「一緒に広報紙をつくろう！」

〈へっ？〉

楓が素《す》っ頓狂《とんきょう》な声を上げる。ちゃんと説明しなさい、という理性を押しのけ、結子の口は勝手に言葉を紡ぎ出す。

「『広報うみの』を待っている人たちがいる。だから、お知らせ以外の広報紙もつくった方がいい。楓ちゃんのできる範囲で、被災した人たちの声を集めて。写真も撮って。わたしは、高宝町の人たちの声を集める。それを記事にして、いまを記録した広報紙をつくろう。街の外に避難している人にも送ろう。それも、できるだけ早く」

〈できるだけ早くって……どうしたの、結子ちゃん？　昨日も言ったとおり、私はほかの課の仕事をしていて、とてもそんなことをする余裕はないよ。結子ちゃんだって、自分の仕事で手一杯でしょう〉

「わたしはもともと、震災の記録を集めた特別号をつくりたいと思っていたの」

楓ちゃんの質問に答えないと、と思っているのに、一方的に話を続けてしまう。

「被災した人たちの思いをうまく書けなくて、いつもの『こうほう日和』をつくるのにだって手こずっている。周りに手伝ってくれる人もいないから、特別号はあきらめるしかないと思っていた。でも、楓ちゃんと一緒なら——」

〈落ち着いて、結子ちゃん！〉

とうとう楓が、らしくない大きな声を出した。

〈私の話を聞いてなかったの？　私には余裕がない。市民の声も、少しずつしか集めることができないでいる。とても結子ちゃんのお手伝いなんてできない。結子ちゃんが一人の状況は変わらないよ〉

「大丈夫」

血は滾ったままだが、ようやく理性に従う。

「わたしは——ううん、わたしたちは一人じゃない」

「まさか今日、新藤さんにお会いするとは思いませんでした」

「お時間をいただいておいてなんですけど、わたしも今日こちらに来るとは思ってませんでした」

「お互いさまというわけですか」と言って笑ったのは長老こと、Z県瓦市の塔本だった。

楓同様、塔本との話も電話だけで済ませるつもりだった。というより、それ以外の選択肢なんて考えもしなかった。

しかし楓に自分の考えを説明しているうちに、結子の血はますます滾っていった。楓の方も、結子の興奮が伝播したかのように、段々と早口になった。

それならばということで、塔本にアポを取って二人で家まで行き、顔を合わせて説明しようという話になって現在に至る。

楓は緊張の面持ちで、結子の隣で正座している。

「こちらは福智楓さん。G県海野市の広報マンです」

「は……初めまして。福智です」

「初めまして。海野市ですか」

塔本が、痛ましそうに眉根を寄せた。

「いまも大変でしょうね。お悔やみ申し上げます」

「ありがとうございます。でも、瓦市も……」

「液状化した地域がありますね。でも幸い、亡くなった人はいない。これは大きいですよ」

塔本は微笑んだが、液状化によって工場が軒並み稼働停止に陥り、復旧の目処は立っていないと聞いている。茶髪の根元が地毛で白くなっているのは、染め直す暇がないからかもしれない。

そんなときに時間をもらって申し訳なくはあるが、ありがたくも思った。

塔本は、卓袱台に置いた湯飲みに口をつけてから言う。

「では、新藤さんが電話で話したことの詳細を教えてください」

「わかりました。改めて、最初から説明させてもらいます」

塔本にはアポを取った際に、ざっくりとしか話をしていない。結子は居ずまいを正して切り出す。

「被災地のいまの声を集めるために、全国の自治体広報マンの力を借りたいんです」

塔本が微苦笑した。

「随分とまた、大胆な発想ですね」

「でも全国の自治体広報マンから、東北のために連携してなにかできないかという声が届いているんですよね。アイデアがあったら連絡をくださいと言ったのは、長老ですよ」

敢えて塔本のことを、あだ名で呼んだ。塔本の微苦笑が、苦笑に変わる。

「確かに言いましたね」

「ですよね。でしたら、ぜひ長老からみなさんに協力を呼びかけてください。楓ちゃんが何人かから取材した音声データがあるので、それをもとに原稿を書いてもらいたいんです。可能な人は、被災地に直接来て取材してもらえると助かります。もちろん、わたしも通常の広報紙づくりの合間にできるだけのことはします」

「そんなことをして、なにになるんです？」

「自治体の垣根を超えた広報紙を——『広報東北』をつくります」

これが昨夜、東北中の支社に声をかけているという片倉の話を聞いて、結子が閃いたアイデアだった。

一つの自治体にかぎらず、東北地方全体を取材して、被災した人々の声や街の写真などを集めた広報紙。震災後のいまを記録した広報紙。それは東北地方だけでない、日本中……いや、世界中の人々にとって貴重な資料となるはずだ。そして、

「この広報紙は、未来の人たちにとっては当時のことを記録した古文書になります」

「古文書、ですか」

そう言う塔本の口許からは苦笑が消え、真剣な顔つきになっていた。

「すばらしい発想なのは認めますが、制作費は？」

「印刷費は高宝町と海野市で捻出します。もともとうちは、特別号をつくるための予算を計上していたんです。海野市も、しばらくはお知らせに特化した四ページの広報紙しかつくれなくて、予算に余裕があるそうです」

「まだ上司にはなにも言ってませんけど、うちの街は広報紙に力を入れているから絶対に許可してくれます」

楓が力強く言い切った。

結子は続ける。

「できあがった『広報東北』は、制作に参加してくれた広報マンがいる自治体には無料で配布します。それ以外の自治体から希望があった場合、送料はいただくつもりです。在庫がなくなった後もほしいという声が続くなら、追加で印刷することも考えています。その場合の印刷費をどうするかは検討中です。制作した自治体全体で負担するのが理想ですが、難しいというところもあるでしょうからね。それから、制作に参加してくれる広報マンには少しだけお金を支払うつもりです。ガソリン代にもならないかもしれませんけど……」

「たとえ少なくとも、金は払った方がいい。労働力はただではありませんからね。でも、それだけだと手を上げてくれる広報マンは少ないかもしれませんね。私が呼びかけたところで、どれだけ効果があるか」

「湾田市の赤池さんの協力なら、もう取りつけてあります」

ここに来る前、電話でお願いしたのだ。

「話をしたら、即座に『やる』と言ってくれました。お金も『自分たちの広報紙をつくるんだから最低限の金額でいい』だそうです」

「自分たちの広報紙……あいつが、そんなことを……」

塔本は口許を緩めた後、赤池を「あいつ」呼ばわりしたのをなかったことにするかのように、少し早口で言った。

「去年の内閣総理大臣賞受賞者がそう言うなら、影響力は大きいでしょうね。でも新藤さんは、いつの間に彼とそんなに仲よくなったのです？」

「去年の全国大会のときに、ちょっと」

そうとしか言いようがない。

「赤池さんだけじゃない、遠宮市の島田由衣香さんもやると言ってくれています。彼女は、たくさんの広報マンとつき合いがあるそうです。その人たちにも声をかけると言っていました」

——上司の許可とか、いろいろ手続きが必要だけど、協力してくれる広報マンはいると思うよ。みんな、自治体の境界線は地図上にはあるけど陸上にはないってわかってるから。

電話越しに由衣香は、結子に教えてくれた名言をさらりと口にしていた。

「島田くんか。彼女は人懐っこくて、顔が広いですからね。私なんぞより、よっぽど飲み会の幹事に向いている」

塔本は呟いた後、深く頷いた。

「わかりました。率直に言えば、いまの段階では新藤さんの企画は穴だらけです。検討しなくてはならない課題も、乗り越えなくてはならない問題もある。それでも、私の方でも音頭を取ってみましょう」

「ありがとうございます！」

楓と一緒に頭を下げかけたが、塔本は「その前に一つ」と右手の人差し指を伸ばした。

「伊達くんはどうしました？　彼は『広報東北』に参加しないのですか？」

赤池からも同じ質問をされた。結子は、そのときと同じ答えを返す。

「伊達さんは来年度から土木整備課に異動になって、広報課ＯＢになります。その準備で忙しいので、頼ることはできません」

赤池同様、塔本もこれだけですべてを察してくれたらしい。

「なるほど」

そう言いながら、塔本はゆっくり目を閉じた――と思ったら、すぐに目を開く。

「だったら俺も全力を出そう。新藤も福智も、しっかりついてこいよ」

口調ががらりと変わった。しかも、いきなり呼び捨てにされた。楓は戸惑っているようだったが、結子は「はい！」と返事をする。

塔本の口が悪くなるのは、酔ったときにかぎらないらしい。


「――というわけで、特別号改め、『広報東北』をつくることになりました」

次の日。結子はその一言で報告を締めた。窓際の席に座った伊達は、机の前に立つ結子を見上げて言う。

「その様子だと、町長の許可は既に取っているようですね」

「はい。直属の上司である伊達さんを飛び越えてしまいましたけど、問題ありませんよね」

「もちろんです。それにしても、随分と頭を捻りましたね。これで新藤くんの思いは、すべて形になるというわけですか」

伊達の言葉を聞いて、いまさらながら気づく。

――わたしは、伊達さんが『こうほう日和』を避けているのはなぜかという謎を解き明かした後で迎えた、『特別号をつくれない』というピンチを乗り越えたんだ。わたし自身が考えて、動いたことで。

「ただ、この先の新藤くんは殺人的なスケジュールになりますね」

「伊達さんだって去年そうだったじゃないですか。それに、わたしがやりたいんです」

胸に手を当てて言う結子に、伊達は微笑んだ。

伊達の心からの笑みを見たのは久しぶりだと思った次の瞬間、その手を握りしめる夢が脳裏に蘇った。

でも胸の穴は、もう深くも大きくもならない。むしろ、浅く小さくなっている。

ただ、完全には消えていない。

「よくわかりました。では、土木整備課に行ってきます」

「はい、行ってらっしゃい」

席を立った伊達が広報課から出ていき、結子は席に戻る。伊達の背中が階段をのぼっていくのを見届けてから、茜が待ちかねていたように話しかけてきた。

「全国各地の広報マンが、力を合わせて広報紙をつくるんだね。熱い。なんだか少年漫画みたい！」

「まだ決めないといけないことがたくさんあるし、どれだけの広報マンが力を貸してくれるかわからないけどね」

「たくさん貸してくれるでしょ。広報紙に情熱を注ぐ人って、全国にいるみたいだから」

「気楽に言わないでよ」

軽く抗議してしまったが、茜の言っていることは間違っていない。

茜は、伊達が上がっていった階段の方に目を向ける。

「いくら伊達さんが忙しくても『広報東北』に影響を受けて、これからは結子を手伝ってくれるかもね。あの人が一番、広報紙に情熱を注いでいるもん」

「それは……」

迷ったが、結子はできるだけなんでもないことのように見える笑顔をつくって言った。

「それはないかな」

五章

太陽が燦々《さんさん》と輝き地面にくっきりと影が落ちる中、中型の観光バスが到着した。ドアが開き、乗客が降りてくる。親子連れ、若いカップル、高齢の女性など、顔ぶれはさまざまだ。鬼庭は彼らに向かって、余所《よそ》行きの笑みを浮かべて両腕を広げた。

「ようこそ、高宝町へ！」

鬼庭の後ろに並んだ役場の幹部陣も「ようこそ！」と声をそろえる。結子はその様子を、少し離れたところで写真に収めていた。

今日と明日、高宝町で行われるイベントに、町外の避難所や仮設住宅で暮らしている人たちを招待したのだ。

きっかけは、二ヵ月前の六月下旬。ホームページにアップした『こうほう日和』六月号を読んだ東京の落語家から、〈被災地で落語会はできますか〉という電話を結子が受けたことだった。この落語家は『ラブクエ』ファンで、聖地巡礼で高宝山を訪れたこともあり、震災後の高宝町を気にかけていたのだという。でも、なぜそんな問い合わせを？　奇妙に思っていると、落語家は言った。

――広報紙を読んだら、ゴールデンウィーク中に被災した子どもたちを招いて野球の試合をやったと書いてありました。震災直後はそれどころではなかったでしょうが、いまならそういう娯楽的なことができるのかな、と。もしそうなら、僭越《せんえつ》ながら力になりたいな、と。

広報マンとして、こんなことを言われて動かないわけにはいかない。すぐに周囲の自治体に問い合わせ、三ヵ所で落語会が開催された。「久々に笑った」というお客さんの様子を七月号に掲載し、「心の復興にも目を向けなくてはいけない」と書いたところ、今度はそれを読んだ高宝町民が被災者を招待する企画を考えるようになったのだ。

『こうほう日和』で、できた流れだ。

先週ようやく発行にこぎ着けた『広報東北』でも、きっとたくさんの流れができる。なにしろ全国各地の名だたる広報マンが、力を貸してくれたのだから。中には、四国や九州から東北に来てくれた広報マンもいた。彼ら彼女らのおかげで、百人以上の被災者にインタビューすることができた。

三月十一日の本震のこと、その二日前の前震のこと、余震のこと、避難生活のこと、辛かったこと、希望を感じたこと……震災後のいまに関する記録を集められるだけ集めた広報紙になったと思う。被災地の写真も、想定以上に掲載できた。自治体だけでなく、マスコミからも問い合わせが相次いでいる。この先は、個人からの問い合わせも増えるかもしれない。

片倉からは「『広報東北』に対抗するために、自分が主導で進めている企画を練り直して、よりよいものにしたいと思います」と言ってもらえた。

鬼庭は、余所行きの笑みを浮かべたまま言う。

「これから開催される高宝火礼祭は、我が高宝町が誇る夏の一大イベントです。ぜひ楽しんでいってください！」

招待客たちから拍手が沸き起こる。実際に見たことはなくても、高宝火礼祭のことは知っているのだろう。

高宝火礼祭は、岩手県の藤沢野焼祭《ふじさわのやきまつり》を参考に始められたお祭りである。特設会場である広場に設置した十数基の窯に火をくべ、土をこねてつくられた作品約千点を、一晩かけて野焼（露天で焼き上げる土器の製造法）する。同時に、屋台を出したり、ビンゴ大会を開いたりと、普通のお祭りらしい催しもする。

二日目には焼き上がった土器の審査会が行われ、各種賞が授与される。

三代前の町長が始めて、今年で二十二回目。鬼庭の言うとおり、いまや町の一大イベントとなっていて、普段はひっそりしている高宝町内もこの時期には人が増えて活気づく。

今年は中止も検討されたが、「こんなときだからこそ、やりたい」という町民の声の方が多く、開催の運びとなった。

鬼庭は拍手が収まってから、開いた右手を結子の方に向けた。

「こちらは本日、みなさんの取材をさせていただく広報課の新藤です」

結子は招待客の方に進み出る。

「新藤です。よろしくお願いします」

再び拍手が起こる中、結子は自然と笑顔になった。

窯から噴き上がる炎を見たら絶対に感動しますよ、と思いながら。

＊

夜になって取材が一区切りしてから、結子は広報課に足を運んだ。炎天下で取材を続けたせいで汗だくだが、不思議と心地よかった。

自分の席を照らす蛍光灯だけをつけて座ろうとしたところで、伊達の席に目を向ける。

——二年前の高宝火礼祭の日、ここで伊達さんの広報紙を見て、わたしはやる気というか、気力というか、がんばろうという気持ちというか、とにかくそういうものを取り戻したんだ。

座るのをやめて伊達の席まで行き、窓の外を眺める。何本かの道路を挟んだ先に、高宝火礼祭の会場となっている広場がある。窯から噴き上がる炎は暗闇を振り払い、離れた場所で窓を閉めて見ているのに、熱が感じられるかのようだった。

一昨年も去年も見たのに、目を離せない。

「読みましたよ、『広報東北』」

後ろから声が聞こえてきた。

「時間がなかったから仕方ないとはいえ、文体や漢字の使い方が記事によってばらばらです。でも、それがたくさんの広報マンが力を合わせてつくった証《あかし》となっていて、却っていい。制作に参加したのは意欲のある広報マンばかりですから、読み応えのある記事も多かった」

「ありがとうございます」

振り返りながら、結子は伊達に言った。今夜も、あの黒縁眼鏡をかけていない。

そのことを、もうなんとも思わなくなっていた。

「新藤くんは『広報東北』をつくってから、『こうほう日和』の文章がうまくなりましたね。取材対象に踏み込んだ記事が、明らかに増えました」

「『広報東北』をつくりながら、全国の広報マンに取材のコツを教えてもらいましたから」

自分の書く記事がよくなったという自負はあったが、伊達にほめられると自然と笑みが浮かんだ。

「伊達さんは、どうしてここに？」

「新藤くんが、なんとなく僕と話をしたそうにしていましたからね。おそらく、ここで待っているだろうと踏んだんです」

広報紙づくりから離れたところで、伊達が「名探偵」であることに変わりはないらしい。

――まあ、伊達さんなら、きっと来てくれると思っていたけど。

伊達は結子の脇を通り、自分の席に腰を下ろした。

「僕の予想が当たっていて、話したいことがあるならどうぞ」

「――では」

結子は、伊達のすぐ傍に背筋を真っ直ぐに伸ばして立つ。

「伊達さんが教えてくれたとおり、広報紙づくりはすばらしい仕事です。『広報東北』をつくって、その思いが一層強くなりました。わたしはもっともっと、広報紙をつくり続けたい。町民に残したいことも、伝えたいことも、教えてほしいことも、一緒に考えてほしいこともたくさんある。ですから」

この数ヵ月の間にたどり着いた結論を告げる。

「わたしは、この町で『こうほう日和』をつくり続けます。永住するかどうかはわからないけど、異動になった後も『こうほう日和』をちゃんとつくってくれる人が育つまでは、ここに残ります」

父は、東京に帰ってくるかどうかは異動になったら考えればいいと言っていたが、そんな必要はなかった。

「これが、自分を愛してくれない町民を愛することができない、わたしなりの愛です」

「やはり新藤くんは、自分を愛せない町民は愛せませんか」

「はい。憎んだり、嫌ったりするつもりはありませんけど、愛することは無理です」

よそ者扱いされたことを思い出すと、いまだって胸が痛くなる。その痛みを抱えながら、結子は続ける。

「でも、仕方ないと思います。愛の形は、人それぞれですから」

伊達のように、すべての町民を愛することが理想ではある。でも伊達と自分は、違う人間なのだ。

――わたしは、わたしだけの愛を『こうほう日和』にこめればいい。

伊達が微笑む。

「新藤くんらしい結論です。愛という人生最大の謎の一つが解けたようですね」

「はい」

結子も微笑み、頷いた。

広報課に配属されてからたくさんの謎を解いてきたが、これが最大の謎解きだ。

「僕は『こうほう日和』のクオリティーを引き継げなかったことを、ずっと町民に申し訳なく思っていました。でも新藤くんのおかげで、結果的には引き継ぐことができたようです」

ゆっくりと立ち上がった伊達が、右手を差し出してくる。

「あとは任せましたよ——と、僕が託した途端に目も当てられない失敗をするのも新藤くんらしいので、不安ですが」

——久しぶりに聞いたな、伊達さんの皮肉。

そう思った直後、『こうほう日和』をつくっているときと同じ顔をして土木整備課で仕事をする伊達の姿が、初めてくっきりと思い浮かんだ。ほとんど同時に、胸に空いたままになっている穴の存在を意識する。

やはり完全には消えていないし、これからも消えることはないだろうけれど、また少しだけ、浅く小さくなった。

——なんだ。

自分の直感に、すなおに従えばよかった。

——茜が勝手に騒いでいただけで、わたしが伊達さんに抱いている気持ちは、やっぱり恋愛感情なんかじゃなかった。

夢で見たように伊達の手を両手で強く握りしめ、結子は答える。

伊達が、自分が愛している町民には「新藤くんも含まれます」と言っていたことを思い出しながら。

「任せてください。わたしが愛している町民には、伊達さんも含まれるんですから」

少し長めのあとがき

『謎解き広報課』は、自分の才能のなさを象徴する作品だった——二〇二三年の春までは。

そもそも自治体広報紙をテーマにした小説を書きたいと思ったのは、雑誌のライターをしていたとき、情熱を持った広報マンたちに取材したことがきっかけだった。

「いかのおすし」という子ども向けの防犯標語を紹介するため、本物のイカの寿司を撮影して表紙に載せる。尊敬する広報マンに弟子入りするため、四国から東北をアポなしで訪れ直談判する。「自分が感動したことを住民に伝えるためには客観的な文章ではだめだ」と判断し、敢えて主観的な記事を書くことにする……などなど、衝撃を受けた広報マンの例をあげればきりがない。

いつか小説家になったら、この人たちを主役にした話を書きたい。取材を重ねれば重ねるほど、その思いは強くなっていった。

念願叶って小説家デビューを果たした後、何人かの編集者に話を持っていった末に、幻冬舎で本にしてもらえることが決まった。

それからライター時代に取材した広報マンたちに連絡し、今度は小説にするために、改めて話を聞かせてもらった。当初は、猫っぽい上司と犬っぽい部下の二人組（どちらも男性）による、田舎を舞台にしたドタバタ劇を構想していたと記憶している。

しかし東日本大震災に遭遇した広報マンの話を聞き、この人の体験をもとにしたストーリーを主軸に据えたいと考えて、方針を大きく変更。主人公は一作目で広報紙づくりの魅力に目覚め、二作目ラストで震災に遭遇、三作目では震災下で広報紙をつくる……という三部作構成で行くことに決めた。また、取材した広報マンたちが偶然にも全員男性だったので、敢えて主人公を女性にして、特定の誰かをモデルにしたと思われないよう配慮することにもした。

主人公の性別変更はともかく、三部作構成にしたのは愚かとしか言いようがない。二作目、三作目というのは、一作目が売れたら書けるもの。当時の私は、そんな当たり前のことがわかっていなかった。

（勝手な）三部作構成に備えて伏線を張ってはいたが、『謎解き広報課』一作目はセールスが芳しくなく、当然、続刊の話はなし。「こんなおもしろいテーマをもらったのに売れる本を書けないなんて」と、自分の才能のなさに愕然とする結果となった。しっかり広告を打ってくれた幻冬舎にはなんの責任もない。ひとえに、私の力不足である。

ありがたいことに、いくつか書評をいただくことができたので、クオリティーが低いとは思わなかった。しかし、自分にとっては続きが書けなかったことがなによりもショックだった。取材した広報マンに「続きはないの？」と訊かれることもあったが、「ありません」と答えるしかなかった。

『謎解き広報課』の運命が変わったのは、二〇二三年春。千葉県近辺の書店員たちが最も売りたい本を選ぶ「酒飲み書店員大賞」を受賞したことだった。なかなかユニークな名前の賞だが、文庫本の発掘を主目的とした極めてまじめな賞である。

受賞の知らせをいただいたときは、仕事が手につかなくなるほど舞い上がった。取材に協力してくれた広報マンたちに受賞を報告したら、我がことのように喜んでくれた。

かくして『謎解き広報課』は、酒飲み書店員大賞をいただいたことで大逆転でハッピーエンドに終わった……と思っていたら、これだけで終わらなかった。

受賞後、酒飲み書店員のみなさんだけでなく、幻冬舎も大々的に『謎解き広報課』を推してくれた。いまだから打ち明けるが、「そんなに売り場に並べて大丈夫なのか？」とハラハラしたものである。

作者の心配をよそに、『謎解き広報課』はこれまでが嘘のように立て続けに重版がかかり、遂には続編を書かせてもらえることが決定。

そういう例があることは知っていたが、自分の身に起こるとは思っていなかった。

続編執筆にあたっては、当初の構想どおり震災をテーマにするかどうか、相当悩んだ。あの震災から、既に十年以上の歳月が流れている。その間、震災に関する多くの作品が世に出たし、世界は新たな悲劇にも見舞われた。

自分に関して言えば、現実の事件や災害、社会問題を題材に小説を書くという行為が、生半可な覚悟では許されないことを知った。たとえば、子どもの貧困を描いた拙著『希望が死んだ夜に』には、「こんな問題があることを知らなかった」という賞賛の声を多数いただく一方で、「かわいそうな子どもを使って商売している」「貧困問題を他人事のように書いている」という批判の声もいただいた（作者としてはそんなつもりはなかったが、どう思うかは読み手の自由である）。

「いまさら自分が震災をテーマに書く必要はないのでは」と思い、一度は担当編集者に別のテーマで書く旨を伝えはした。しかし、この国と地震は切り離せない関係にある。なにより、「震災下でも広報紙をつくり続けた広報マンの話を書きたい」という気持ちを捨てることができなかった。

迷った末に、やはり当初考えていた三部作構成で行こうと決断。担当編集者に「二作立て続けに書かせてもらえないか」と相談したところ了承してもらい、二ヵ月連続刊行の運びとなった。

担当編集者には言っていなかったが、締め切りが想定していたより三ヵ月ほど早く(二作続けて書けるうれしさが先に立って言えなかった)、いつもの倍以上の速度で書かなくてはならなかった。他社の仕事もいくつか入りはしたが、この数ヵ月、朝から晩まで『謎解き広報課』のことを考えるだけの生活を続けていた。

正直、大変ではあったが、一度はお別れしたキャラクターたちと再会して、続きを書けたのである。

その喜びの方が勝った。

なお、私が自治体広報紙の取材をしていたのは、もう十年以上前である。そのころの広報マンといまとでは、雰囲気や考え方がだいぶ違うらしい。以前取材した人にお願いして、現役の広報マンを紹介してもらうことも検討はした。

しかし以前の取材メモだけで、書きたいことも参考になりそうなネタも充分以上にある。追加で取材しても収拾がつかなくなることは目に見えているので、今回は控えることにした。

仮に四作目を書くことになったら、そのときはぜひ取材させていただきたい。

とはいえ、自分が自治体広報紙をテーマにして書きたかったことは、ほぼすべて新藤結子がやってくれた（厳密に言えば書きたいネタが残っていないわけではないのだが、小ネタで、ちょっとした話にしかならない）。

現時点では、自治体広報紙をテーマにした小説は書き尽くしたと思っている。

最後に、お世話になった方々に、この場を借りて御礼を申し上げたい。

まずは「酒飲み書店員」のみなさま。あなたたちがいなかったら『謎解き広報課』は埋もれたままで、こうして三作目まで書くことはできなかった。人生初の表彰式でいただいた賞品のジョッキは家宝にします。

幻冬舎の初代担当の小川貴子氏、二代目担当の君和田麻子氏からは、原稿に的確な指摘を入れてもらった。太田和美氏、黒田倫史氏、柴原拓也氏をはじめ、営業部の人たちは『謎解き広報課』を書店で販売展開してもらうため尽力してくれた。大変ありがたく思っている。

坂本ヒメミ氏には単行本版に、トミイマサコ氏には文庫版に、すばらしい装画を描いてもらった。それを最大限に活かした装幀をつくってくれた単行本版の鈴木久美氏、文庫版のbookwallの担当氏にもお礼申し上げる。ゲラの段階でミスを見つけてくれた校閲担当者にも助けてもらった。

長時間の取材につき合ってくれた広報マンたちにも、改めて感謝の気持ちをお伝えしたい。

「シショー」こと岩手県一関市の畠山浩氏は、東日本大震災時の体験を話してくれた上に、広報マンの飲み会にも参加させてくれた。また、伊達のキャラの参考にさせてもらっている（あくまで参考です。畠山さんは皮肉家ではないし、家族構成も一切関係ありません）。

新潟県燕市の楡井弘人氏は、研修で上京した際にわざわざ時間をつくって話を聞かせてくれた。『こうほう日和』の特集コーナーのタイトルが『今月のこだわり』なのは、氏が『広報つばめ』で使っていたものをそのまま拝借している。

広島県大竹市の大知洋一朗氏からは、全国各地の広報マンを紹介してもらった。一作目刊行後も度々連絡を取っていて、続編執筆の際も追加でいろいろ話を聞かせてくれた。氏がいなければ、『謎解き広報課』という小説は成立しなかった。

宮崎県三股町の新原正人氏は「熱い男」で、ライター時代に取材させてもらったときから「主人公の参考にできそうだ」と密かに狙いを定めていた。結子の涙もろいところは、氏の影響をだいぶ受けている。

そして、読者のみなさまへ。

一作目の執筆を始めてから、ちょうど十年。これで『謎解き広報課』は完結である。続きを待ってくれていた人も、最近になって読み始めてくれた人も、お楽しみいただけたなら幸いです。

二〇二四年八月　自室にて

この物語はフィクションです。東日本大震災に関する記述には、現実と異なる点があります。また、作中の自治体広報紙が現実とかけ離れたものであっても、それは作者の誤解あるいは曲解であり、取材させていただいた方々にはなんら責任がないことを明記しておきます。

この作品は書き下ろしです。

幻冬舎文庫

●好評既刊
謎解き広報課
天祢　涼

田舎の町役場に就職した新藤結子。やる気も地元愛もゼロの結子は、毒舌上司・伊達と広報紙作りをするはめに。嫌味なアドバイスを頼りに取材をするが、なぜか行く先々で事件に巻き込まれ……。

●好評既刊
謎解き広報課
狙います、コンクール優勝！
天祢　涼

役所の広報紙を作るはめになった新藤結子。今日も少年野球や婚活ツアーの取材、広報コンクールと奔走するが、なぜか行く先々で謎に遭遇し……。大人気「謎解き広報課」シリーズ第二弾！

●最新刊
情事と事情
小手鞠るい

浮気する夫のため料理する装幀家、仕事に燃えるフェミニスト、若さを持て余す愛人。甘い情事の先に醜い修羅場が待ち受けるが――。恋愛小説の名手による上品で下品な恋愛事情。その一部始終。

●最新刊
終止符のない人生
反田恭平

いたって普通の家庭に育ちながら、ショパンコンクール第二位に輝き、さらに自身のレーベル設立、オーケストラを株式会社化するなど現在進行形で革新を続ける稀代の音楽家の今、そしてこれから。

●最新刊
脱北航路
月村了衛

祖国に絶望した北朝鮮海軍の精鋭達は、拉致被害者の女性を連れて日本に亡命できるか？　魚雷が当たれば撃沈必至の極限状況。そこで生まれる感涙の人間ドラマ。全日本人必読の号泣小説！

幻冬舎文庫

●最新刊
できないことは、がんばらない
pha

「会話がわからない」「何も決められない」「今についていけない」――。でも、この「できなさ」こそ、自分らしさだ。不器用な自分を愛し、できないままで生きていこう。

●最新刊
死命
薬丸　岳

余命を宣告された榊信一は、自身が秘めていた殺人衝動に忠実に生きることを決める。女性の絞殺体が発見され、警視庁捜査一課の刑事・蒼井凌が捜査にあたるも、彼も病に襲われ……。

●最新刊
わんダフル・デイズ
横関　大

盲導犬訓練施設で働く歩美は研修生。ある日、盲導犬の飼い主から「犬の様子がおかしい」と連絡を受け――。犬を通して見え隠れする人間たちの事情、秘密、罪。毛だらけハートウォーミングミステリ。

●最新刊
骨が折れた日々
どくだみちゃんとふしばな11
吉本ばなな

大好きな居酒屋にも海外にも行けないコロナ禍で、骨折した足で家事をこなし、さらには仕事で思いもよらない出来事に遭遇する著者。愛犬に寄り添われながら、日々の光と影を鮮やかに綴る。

●幻冬舎時代小説文庫
夫婦《めおと》道中
うつけ屋敷の旗本大家《おおや》　三
井原忠政

謎の三姉妹からの屋敷の店子になりたいという申し出。だが、姉妹の目的はある住人の始末だった!? しかもここで借金問題も再燃。小太郎は、二つの難題を解決できるのか？　笑いと涙の時代小説。

幻冬舎文庫

●幻冬舎アウトロー文庫
総理を刺す
実録・岸信介襲撃刺傷事件
正延哲士

浅草の顔役・東五郎は戦後、大臣の要請で保護司となり自民党院外団幹部としても活躍する。周辺には常にヤクザと政治家。時は60年安保、右翼による総理刺傷事件が勃発。東は黒幕だったのか。

●好評既刊
[新装版]暗礁(上)(下)
黒川博行

警察や極道と癒着する大手運送会社の巨額の裏金にシノギの匂いを嗅ぎつけるヤクザの桑原。彼に唆されて、建設コンサルタントの二宮も闇の金脈に近づく……。「疫病神」シリーズ、屈指の傑作。

●好評既刊
太陽の小箱
中條てい

「弟がどこで死んだか知りたいんです」。〝念力研究所〟の貼り紙に誘われ商店街事務所にやってきた少年・カオル。そこにいた中年男・オショさん、不登校少女・イオと真実を探す旅に。

●好評既刊
メガバンク無限戦争
頭取・二瓶正平
波多野　聖

真面目さと優しさを武器に、専務にまで上り詰めた二瓶正平。だが突如、頭取に告げられたのは、無期限の休職処分だった。意気消沈した二瓶だったが……。「メガバンク」シリーズ最終巻！

●好評既刊
ママはきみを殺したかもしれない
樋口美沙緒

手にかけたはずの息子が、目の前に――。今度こそ、私は絶対に〝いいママ〟になる。あの日仕事を選んでしまった後悔、報われない愛、亡き母の呪縛。「母と子」を描く、息もつかせぬ衝撃作。

謎《なぞ》解《と》き広報課《こうほうか》

わたしだけの愛《あい》をこめて

天《あま》祢《ね》涼《りょう》

令和6年11月10日　初版発行

発行人――石原正康
編集人――高部真人
発行所――株式会社幻冬舎
〒151-0051東京都渋谷区千駄ヶ谷4-9-7
電話　03(5411)6222(営業)
　　　03(5411)6211(編集)
公式HP　https://www.gentosha.co.jp/

印刷・製本―中央精版印刷株式会社

装丁者――高橋雅之

検印廃止

幻冬舎文庫

ISBN978-4-344-43424-0　C0193　あ-67-3